La Mecque-Phuket

Du même auteur

Combien veux-tu m'épouser ?, Grasset, 2013
Héros anonymes, Léo Scheer, 2011
Mon père est femme de ménage, Léo Scheer, 2009 ; J'ai Lu, 2014
Confidences à Allah, Léo Scheer, 2008 ; J'ai Lu, 2012

Saphia

AZZEDDINE

La Mecque-Phuket

ROMAN

J'ai lu

À mes formidables parents, Boualem
et Faïza, qui m'ont transmis ma culture
plutôt que de me l'imposer,
À mes frères Mohamed et Othman
que j'aime par-dessus tout,
À ma sœur Cadige sans qui je n'avancerais pas,
À Julien qui est là et ça change tout.
À Michèle, Sébastien, Tania et Amina,
ma famille aussi...

Il paraît que.

J'ai entendu dire que.

Après les gens ils vont dire que.

Voilà grosso modo ce qui ravage les sociétés arabo-musulmanes en général et mon immeuble en particulier. J'habitais dans une tour où les racontars servaient de fondations et le ciment de cervelle. « C'est comme ça » était le maximum de la réponse. Au-delà, ça frisait le blasphème. On ne s'y aventurait jamais. De peur qu'après, les gens ils disent que.

L'ascenseur était souvent en panne mais les cancans trouvaient toujours le moyen d'errer dans les étages. On disait de moi que j'étais une effrontée, de ma sœur qu'elle était une fille bien et de ma mère qu'elle laissait trop de gras dans le tagine de mouton. On épargnait plutôt mon père, même s'il était le dernier de tout l'immeuble à ne pas encore être *hadj*[1], ce qui l'accablait. Car mes parents n'avaient qu'une obsession : faire leur pèlerinage à La Mecque. J'aimais mes parents au-delà de tout mais je les aimais

1. Titre que porte un musulman ayant fait le pèlerinage à La Mecque et à Médine.

n'importe comment, en vrac et à perpétuité. Depuis leur arrivée en France, ils avaient tout fait pour s'insérer dans la société. S'intégrer, en revanche, ils n'avaient jamais réussi. Cela dit, vu les tronches dans le voisinage, s'assimiler se révélait trop risqué. Il valait mieux rester couleur locale et ne pas faire de vagues. Entre la machette d'un voisin malien et le sabre d'un cousin algérien, se la jouer petit Français n'était pas recommandé. Ou alors, à l'époque, il aurait fallu un peu plus mélanger les voisins. Et là, peut-être que.

Pour les trop nombreux *merci* qu'ils avaient égrenés, je m'étais juré de portionner les miens. Pour les *non* systématiques qu'ils s'étaient vu adresser, je m'étais obligée à leur dire toujours oui. C'est comme ça que je me suis négligée, par amour et par culpabilité. Mes parents avaient la priorité à gauche et à droite, et ils ne se gênaient pas pour m'enlever des points quand je passais à l'orange. Il y avait des convenances à ne pas dépasser. Des convenances bidon et indécrottables, qui peuvent foutre en l'air votre vie entière mais qu'on ne remet jamais en question de peur que l'odeur ne vous achève.

Je jouissais d'une intelligence pratique, c'était indéniable, mais régulièrement ma bêtise théorique prenait le dessus. Je trouvais scandaleux de s'endetter pour aller à La Mecque mais je trouvais encore plus scandaleux de ne pas le faire. Et j'avais beau mépriser les gens qui disent que, voir mon père et ma mère dans le canapé s'étourdir devant la chaîne coranique en gravitant sur place autour de la Kaaba, ça neutralisait la moindre étincelle de rébellion en moi. Ils gagnaient sans le vouloir, je perdais par devoir. À leur retour, on les honorerait d'un pontifiant *hadj* ou *hadja* accolé à leur nom. Ils pourraient enfin bomber le torse. Rien d'autre ne comptait finalement. Leur bonheur annulait le mien et ça me rendait heureuse.

Lorsque j'ai parlé de mon charitable projet à ma sœur Kalsoum, elle s'est empressée d'acquiescer. Pour elle, le simple fait d'y réfléchir constituait déjà un péché. Deux oui contre zéro non, La Mecque gagnait les doigts dans le nez.

Donc, c'était décidé : ils iraient à La Mecque quoi qu'il m'en coûte. Financièrement et idéologiquement, je veux dire. Financièrement, ça devait aller. Je gardais un petit Eliott, je faisais le ménage chez sa mère Jeanne, je nettoyais les bureaux de son père Bénédict, je vendais mes cours et travaux pratiques à des étudiants moins assidus que moi et j'étais au choix Blanche Neige ou Hannah Montana pour des anniversaires à thème de sales morpions très privilégiés. Idéologiquement en revanche, ça allait me faner c'est certain.

D'abord il fallait avaler la condition d'entrée en Arabie saoudite pour une femme : être accompagnée d'un homme de sa famille. Un frère, un fils, un père ou un cousin. Un voisin peut-être aussi. Enfin tout ce qui pouvait garantir que vous n'étiez pas une fille olé-olé. Une chiquita boum-boum. Une bomba caramba. Une perturbatrice en poli. Une pute en impoli. Ils enveloppaient tout ça avec une ficelle de barbelés, prétextant qu'il s'agissait exclusivement d'une mesure de protection de la femme mais on ne me la faisait pas à moi, c'était une mesure toxique, de celles qui n'envisagent pas la femme autrement que friponne et indocile. Pourtant c'est bien d'être indocile. Je suis indocile. Pas effrontée. Voilà ce que je répondais aux gens qui disent que.

D'ailleurs je ne leur répondais pas et c'est bien pour cela que j'étais une effrontée à leurs yeux. Ils attendent quoi, finalement, les gens qui disent que ? Eh bien qu'on leur réponde que. Ce à quoi ils diront que, puis on rétorquera que, ils répliqueront que, et ainsi de suite jusqu'à ce qu'on les prenne en compte. Ils veulent de l'attention à bas prix, ils sont incapables d'en recevoir autrement. Des médiocres qui rêvent qu'on se souvienne d'eux coûte que coûte, sinon ils laissent autant de trace qu'un jet de pisse sur du sable chaud.

La mégère du neuvième avait rapporté à ma mère (pour son bien) ce qui se disait dans les hautes sphères de la tour. Une nouvelle voiture était-elle bien nécessaire avant d'accomplir un devoir islamique ? Ces médisances tourmentaient mes pauvres parents qui feignaient de s'en ficher. Ils se rassuraient comme ils pouvaient, laissant à Dieu le tout-puissant le soin de juger leurs actions : « Seul Dieu sait ce que j'ai dans le cœur » répétait inlassablement ma mère lorsqu'elle entendait de vilaines choses la concernant. Un peu comme les enfants disent « miroir » dans une cour de récré alors qu'en réalité ils sont mortifiés et qu'ils vont chialer dans les toilettes à l'abri des regards. Ma mère allait s'engouffrer dans sa cuisine et profitait de la vapeur des marmites pour se faire un gommage de la peau. Et de l'esprit aussi, restrictions budgétaires obligent. *Turlupeinées* par ce qu'en dirat-on tyrannique, nous avons décidé ma sœur et moi d'aller à l'agence de voyage de monsieur Ourghidour, spécialisée en voyages sacrés.

— C'est entendu, je fais la réservation dans les deux hôtels et vous me direz selon vos finances lequel vous choisissez. Et même si celui-ci est un peu plus cher, dites-vous que vos parents pourront voir la Kaaba jour et nuit, et c'est inestimable...

L'autre était construit plus en biais, il fallait se pencher pour apercevoir la Kaaba. J'ai rappelé à ma sœur que même là-bas, la nuit, il s'agissait de dormir un peu et que le sacrifice humain avait ses limites. Toutes nos économies allaient y passer alors il ne fallait pas pousser le bouchon trop loin. Pourtant c'était immédiat chez moi, il suffisait que j'imagine ma petite maman dans la salle d'attente d'un quelconque bureau administratif, les mains croisées et les yeux baissés, et hop j'optais pour l'hôtel cher. Ma fameuse bêtise théorique...

— Votre action, mes filles, est à l'image de l'amour que vous donnez à vos parents et les portes du paradis sont sous les pieds du père et de la mère comme le prophète Mohamad, que la paix soit sur lui, l'a dit...

Ça y est, j'avais un haut-le-cœur. J'exécrais ces formules de politesse pompeuses et cette manie d'appeler tout le monde *ma fille* ou *mon fils*. Derrière cette formule plutôt affectueuse en fait, ce type s'autorisait à jouer au père de substitution. Avec ses formules sympathiques, il nous endormait mais comme c'était dit a priori avec tendresse, on baissait les armes, on souriait comme des connes et on choisissait l'hôtel cher. Il y a évidemment plusieurs étapes avant de lâcher le gros billet rose mais le *ma fille* est une des clés de l'assujettissement. On nous cantonne à un statut inférieur tout en nous rassurant avec un Pepito. Ma sœur, la fille bien, s'est empressée de le remercier et m'a traînée vers la sortie pour éviter l'affrontement. Elle me connaissait par cœur Kalsoum. Enfin, on était dehors, elle n'aurait rien à rattraper. Aujourd'hui en tout cas.

— T'allais encore lui sortir ton baratin sur le père et le fils hein...

— Ben oui, il nous gonfle à la fin à force de glorifier les parents comme ça. Sans nous, il n'y a pas de parents, sans eux il n'y a pas d'enfants. C'est bon quoi, faut se détendre !

— Mais il a dit ça comme ça, c'est juste une façon de parler...

Précisément. J'étais très à cheval sur les mots, je ne lâchais rien et même s'il enjolivait tout ça avec des formules spirituelles, il n'en restait pas moins un agent de voyage. Un marchand. Un commercial. Un mec qui sera moins content si on choisit l'hôtel pas cher. Je préférais qu'il s'en tienne à un cordial *Mademoiselle*, ce que j'étais après tout, au lieu d'essayer de tisser un faux lien sentimental. En plus je n'aimais pas sa tronche, rasée de frais comme celle d'un pseudo-rappeur engagé avec sa zébiba[1] sur le front qui relevait plus d'une scarification que d'une intense spiritualité. À chaque prière, amalgamant souffrance et soumission, il devait cogner son front par terre pour que la petite tache brune apparaisse plus vite et fasse de lui un bon musulman, pratiquant et tout et tout. Aux yeux de tous et toutes.

— Je suis sûre qu'ils font une compète de zébiba entre potes après.

— Tu veux dire qu'il y a le concours de zizi pour les uns et le concours de zébiba pour les autres ?

— Oui. Enfin non, à la fin il n'y en a qu'un, c'est le concours de zboub...

Ma sœur et moi étions de bonnes copines. En plus d'être obligées de nous aimer, on l'avait décidé. Même si parfois ses raisonnements étaient un peu nébuleux, elle me cueillait souvent à l'improviste. Je souriais de la voir s'affranchir gauchement de l'estampille natale, de celles qu'on traîne comme un boulet en soirée et qui, si on ne les maîtrise pas, se révéleront plus nocives qu'une belle-mère mécontente. Avec ses armes et par étapes, Kalsoum taclait ses réflexes de fille bien pour n'être qu'une fille.

En sortant de chez monsieur Ourghidour, alors qu'on passait devant une autre agence de voyage, elle s'est arrêtée et exclamée :

— Fouquette, comme ça a l'air bestial !

— On dit Phuket !

1. Parcelle de peau durcie, produite par le frottement sur le sol pendant les prières musulmanes.

— Excuse-moi mais *p* et *h* ça fait *f*. Sinon à quoi ça sert qu'on aille à l'école ?

— Oui mais il y a des choses qu'on n'apprend pas à l'école, Pouquette, yot et Versatché par exemple.

— Ah ouais ? Et tarifs dans ton agence de tapin, ça prend un f ou un p ?

— Mais putain qu'est-ce qu'on va faire ?

— Quoi, qu'est-ce qu'on va faire ? On s'est fait niquer, on s'est fait niquer, c'est tout !

— Autant les brûler hein…

— Arrête tes conneries, où c'est qu'on va brûler deux mille Nike ?

— Ah ouais et qu'est-ce que tu comptes en faire, Einstein ?

Quand j'avais besoin de mon frère Najib, je savais où le trouver : au garage, avec ses potes. Ils avaient toujours un truc louche sur le feu. J'allais frapper à la porte, mais j'ai préféré attendre un peu, histoire d'en savoir plus.

Najib avait l'étoffe d'une suffragette et le charisme d'une Antigone. Mais il gâchait tout son potentiel dans des plans improbables, tous plus foireux les uns que les autres. Il sabotait méthodiquement son avenir afin de ne plus avoir à l'envisager. Pour une raison obscure, il s'appliquait à miner sa route. Il n'exploitait aucune de ses capacités, comme si visualiser le chemin qui lui restait à parcourir le paralysait sur place. C'était d'ailleurs ce qui arrivait à beaucoup de ses copains rebeus totalement écrabouillés par un passé trop glorieux et impressionnés par leur propre histoire. C'est bien connu, après une chute de cheval, il faut immédiatement remonter dessus. Au XVe siècle les Arabes sont allés panser leurs bobos au lieu de remonter en selle. Six siècles qu'ils cicatrisent et qu'ils avancent en boitant. Et moi, Najib, j'aurais voulu qu'il coure.

— Najib, ouvre-moi, je sais que t'es là !

— Reviens après, Fairouz, j'ai pas le temps là.

— T'as ma clé idiot, les parents sont sortis et Kalsoum attend devant l'immeuble.

Penaud, Najib m'a ouvert la porte du garage. Derrière lui, des tonnes de boîtes en carton. Ça sentait le neuf et le pourri : des centaines de baskets neuves et un plan pourri de plus. Son copain Julian était avec lui, ça n'annonçait rien de bon. Je me suis avancée jusqu'au butin et, ouvrant au hasard une première puis une deuxième boîte, j'ai compris pourquoi ces deux idiots avaient la mine à ce point contrite. Il n'y avait que des pieds gauches, des centaines de boîtes et une seule direction, la gauche. Je n'ai pu m'empêcher de rire tandis que Najib échafaudait déjà une terrible vengeance contre ce salopard de Rom de Rodriguo. Entre deux éclats de rire, je suis quand même parvenue à les éclairer un peu. Je leur ai expliqué que Nike comme beaucoup de multinationales produisait les gauches et les droites séparément pour éviter que Ying-Yang ne les chipe en sortant de l'usine à 4 heures du mat. Qu'ils avaient eu un container de Chine et qu'il leur en fallait un du Vietnam désormais. Ou vice-versa.

— Ah ouais et comment tu sais ça toi ?

— Je vais à la fac, je lis, je me renseigne et je ne travaille pas avec des mongoliens de Roms qui bouffent des hérissons au petit déj !

Je prenais ma posture de grande sœur fâchée mais je ne pouvais pas m'arrêter de rire. Ces deux blaireaux étaient ensevelis sous des boîtes de chaussures pour sportifs unijambistes. À part les sorties d'hôpital, les vestiaires du PSG et les pays en guerre, je ne voyais pas ce qu'ils pouvaient en faire. Enlisés dans leur échec, Najib et Julian digéraient ce fiasco humiliant. Se faire dégommer par Philippe III c'était irritant mais se faire avoir par Rodriguo, c'était dégradant.

Je savais que Najib était capable de mieux, de plus et d'au-delà même mais il se méfiait de sa destinée, encore une qui allait le lui faire à l'envers forcément... Conditionné pour être dans le rouge, il n'envisageait pas de décrocher la lune, sinon celle qui se reflète dans le caniveau. Il pouvait parfois espérer gagner mais jamais il ne rêvait de triompher. Voilà, j'aurais voulu qu'il rêve de triomphe. Pas seulement en rêver d'ailleurs mais s'y appliquer et foutre la honte à l'inimaginable. Gagner, ça manquait de reconnaissance, triompher c'était comme un soufflé au fromage, ça débordait de partout, c'était moins répandu qu'un flan mais beaucoup plus savoureux.

— Bon je vous laisse, les frères Lumière.

— Très drôle...

— Najib tu te débarrasses immédiatement de ton magot sinon j'appelle moi-même la police.

Sortie de là, je n'avais plus le cœur à rire. Mon frère était une petite frappe et il prenait le chemin d'un grand con. Je bénissais mon père de m'avoir tout interdit quand nous étions petits, je le remerciais d'avoir fait de notre porte d'entrée un sas de sécurité pour mes sœurs et moi. Dans notre malheur de filles arabes « séquestrées » à la maison, nous nous en sortions bien. Mieux que nos frères en tout cas. On avait du travail. Parce qu'on avait fait nos devoirs. Et même choisi du grec en option. Il y avait un tel fossé entre le petit roi que Najib était à la maison et l'inexistence absolue dont il jouissait à l'extérieur qu'il finissait par être totalement schizophrène. Il y avait un gouffre entre l'idée qu'il se faisait de lui-même et ce qu'il était en réalité. Dehors il n'était rien. Absolument rien. Sans travail. Sans argent. Sans avenir. Et un voleur de merde en plus. Pas étonnant qu'il aime tant la maison. Pas étonnant qu'il aime tant sa maman. Elle au moins, elle l'appelait Sidi. Dehors, on ne l'appelait pas. Je me promettais de l'appeler, moi. Très souvent même. Jusqu'à ce qu'il devienne sourd. Je ne me résignerais pas. Je le jurais.

Ma voisine du dessus s'appelait Kelly. Manque de bol pour elle, elle était née le 15 octobre 1985, le lendemain du jour où les Capwell ont débarqué à la télévision française. Mais le vrai malheur dans tout ça, ce n'était pas tant ce prénom ridicule que le nom de famille auquel il était accolé : Pichon. Kelly Pichon. La grande sœur de Julian, ma meilleure amie et notre voisine la plus fidèle avait un nom de merde.

— Tu sais ce que c'est de s'appeler Kelly quand ton nom de famille c'est Pichon ? Kelly Pichon bordel ! C'est mon nom ! On sait tout de suite d'où je viens avec un nom pareil. On sait que ma mère est une grosse vache qui porte des cyclistes et qui se fait des mèches en kit toute seule devant une série américaine. Et que mon père, il met des joggings. Unis en plus, haut et bas pareil. Voilà à quoi ça renvoie mon nom !

Depuis qu'elle avait décroché un stage dans un prestigieux magazine féminin de la capitale, Kelly dérouillait sévèrement. Certes, elle avait du bagout mais face à la colonie de pestes peroxydées qui cavalaient dans les locaux parisiens, elle ne la ramenait pas. Des filles branchées, toutes sur la même fréquence, polluaient le milieu de la mode, celui que Kelly affectionnait pour de vrai, elle qui savait coudre, dessiner, rapiécer et repasser. Elle me racontait ses journées à assister des assistantes, elle qui trépignait de tâter les étoffes, de les pétrir et leur donner une forme. Côtoyer le couturier et rigoureusement épingler l'ourlet là où Monsieur l'ordonnerait. Mais avant cela, elle devait terminer son stage de figurante de banlieue et encaisser les petites humiliations quotidiennes.

— D'accord c'est une aubaine pour moi, mais j'en ai marre de toutes ces snobs...

— Snob littéralement ça veut dire sans noblesse, à l'époque c'étaient les ploucs qui essayaient d'imiter les vrais nobles et qui n'y arrivaient pas. Des officiers de coton à la langue rugueuse.

Je la rassurais comme je pouvais mais ce n'était pas moi qui me coltinais le gratin mondain de la fashion week. Kelly savait qu'il s'agissait d'une merveilleuse opportunité malgré tout et qu'avant de faire une omelette, il faut bien sortir d'un cul. Je lui conseillais donc de se boucher le nez et les oreilles, d'ouvrir les yeux et le cerveau et d'avancer la tête haute comme Kelly Capwell lorsqu'elle défia son père pour épouser Joe Perkins.

— Tu sais Fairouz Moufakhrou, c'est pas génial non plus hein... Fairouz Moufakhrou ça fait les Arabes qui essayent d'avoir un peu de culture en écoutant de la grande musique mais qui préfèrent en vrai les gnawas et Cheb Khaled, qui raffolent des synthétiseurs en croyant que c'est du piano et qui pensent que des tapis avec des lions dessus aux murs, c'est beau. Voilà c'que ça fait mon nom, une plouc qui habite dans un appartement qu'on n'aère jamais et qu'a été bercée toute son enfance par le bruit de la cocotte minute !

— C'est presque pire, t'as raison...

— Presque ?

— Oui parce que c'est cool de faire oriental, il y a une histoire, ça fait rêver les Blancs malgré tout. Et si tu réussis en plus, tu seras un exemple, partie d'en bas, arrivée tout en haut. Moi je viens d'une lignée d'alcoolos picards, on est roses et je dois me concentrer pour dire cette au lieu de c'te !

Il semblait donc plus dur d'être blanche et pauvre qu'arabe et pauvre chez les riches de toutes les couleurs. La seule petite réjouissance dans ce merdier, c'étaient les cadeaux dont elle bénéficiait parfois et en dernier, ces fameux cadeaux-presse qui inondent les magazines de mode et dont la répartition respecte scrupuleusement la hiérarchie. Les accessoires qui coûtent une jambe vont aux rédactrices en chef, tout le reste va aux restes. Kelly parvenait quand même à grappiller des crèmes hydratantes, des concentrés lift restructurant, des fluides éclat tenseurs, des matifiants zone T. Du superflu pour nous, Arabes, qui avons de superbes peaux... Du maquillage aussi mais comme les vautours ne manquaient pas dans les étages, elle se tapait toujours les nacrés, complètement ringards. Mais ce que moi je préférais par-dessus tout, c'étaient les macarons Ladurée. Il ne s'agit pas d'un biscuit comme dit ma blédarde de sœur mais plutôt d'une douceur.

Quand Kelly en chipait une boîte, on savait que le soir, dans ma chambre, on allait voyager. De la chapelle Sixtine à la rue Royale, je croquais dans le caramel salé puis dans le pétale de rose et je terminais avec le cédrat. C'est un parfum d'été, l'hiver le Mangue Jasmin le remplace.

Ma sœur en profitait pour s'instruire :

— C'est quoi le cédrat ?

— L'ancêtre du citron.

— Pourquoi ils n'appellent pas ça du citron ?

— Parce que c'est du cédrat, Kalsoum !

— Ah c'est comme le minitel et l'ordinateur, en fait...

Affalée sur mon lit, Kelly nous racontait sa journée sur la planète mode. Entre fous rires et désolation, on les dégommait toutes, sans exception. Parce qu'elles étaient elles et qu'on était nous. Avec beaucoup d'objectivité, Kalsoum les traitait de crevardes et de sales pouilleuses qui ne payent jamais rien. Kelly surenchérissait avec des exemples bien concrets, elle qui devait filtrer les appels des apprenties comédiennes implorant chichement pour garder la paire de chaussures du shooting de la veille. Je ne manquais pas non plus de tacler férocement ces diablesses en Prada mais peut-être qu'au fond j'aurais bien voulu être elles et pas nous. Juste un jour. Juste pour voir.

Je croyais en Dieu. Je faisais le ramadan. Je ne mangeais pas de porc. Je ne buvais pas d'alcool. J'étais vierge. Je ne médisais pas. Enfin si peu. J'étais ce qu'on appelle communément une musulmane laïque qui ne fait chier personne. Je le précise car vu d'en haut, on a l'impression qu'aujourd'hui les musulmans font chier, toujours, tout le temps et tout le monde. Quand ils ne brûlent pas des voitures, ils brûlent des femmes, quand ce ne sont pas des femmes, ce sont des synagogues et quand ce ne sont pas des synagogues, ils se rabattent sur les églises, les musées et les nouveau-nés. Mais Dieu est miséricordieux, la France très clémente et le musulman plutôt philosophe en fin de compte.

Parfois des équipes de journalistes à sensation encadrées de gardes du corps venaient dans ma cité rendre compte de la menace islamiste-intégriste-extrémiste-obscurantiste-salafiste-wahhabite, en gros interviewer quelques connards en robe longue en ignorant consciencieusement des mecs encore debout mais qui n'allaient pas tarder à s'agenouiller, faute d'avoir été épaulés. J'interdisais à mon frère de les caillasser avec ses copains lorsqu'il les voyait arriver en amis. Mais en vrai je lui interdisais surtout de se faire prendre ou de les louper, histoire qu'ils comprennent que ça suffit de venir se servir chez nous et de ne rien partager à la fin du mois. Les dealers ont au moins la décence de faire croquer toute la chaîne, du cultivateur au guetteur. Après leur reportage abject, ils avaient tellement mauvaise conscience qu'ils se rattrapaient avec un documentaire à la guimauve en deuxième partie de soirée (faut pas déconner, on ne touche pas à *Dr House*) sur « ces banlieusards qui ont réussi » et « ces beurettes qui ne se soumettent pas ».

Mon autre petite sœur, Shéhérazade, me tannait pour participer à un colloque des Ni putes ni soumises. Elle voulait surtout apercevoir des gens qui passent à la télé et avec un peu de chance celle qu'on avait aspergée. Je lui défendais d'y aller.

— Mais pourquoi j'ai pas le droit d'y aller ?

— Parce que c'est dégueulasse pour les putes un peu soumises ce genre de mouvement.

— Très drôle Fairouz.

— Ton père te frappe ? Ton frère t'oblige à porter le voile ? Non, tout va bien alors tu résous tes équations à deux inconnues pour l'instant et tu milites pour avoir ton bac d'abord.

— Putain mais qu'est-ce que tu peux être chiante des fois !

— Encore un mot comme ça et t'auras une bonne raison d'aller les voir...

Je n'aimais pas beaucoup ma petite sœur Shéhérazade. C'était une adolescente. Ça devait jouer. Je n'aimais pas les adolescents. Je n'aimais pas non plus Ni putes ni soumises. D'une manière générale, quand une femme reçoit des coups, j'étais pour les rendre en plus fort et en double. Et quand une femme se fait brûler vive, j'étais vivement pour qu'on brûle le responsable par petites touches, de bas en haut, qu'il puisse voir sa queue se consumer comme un petit cigare de mauvaise qualité. Répondre à la barbarie par de la barbarie ne me semblait pas barbare, simplement juste. Là où ces militantes rassuraient la France d'en haut, moi je préférais la terroriser.

Même si elles s'en défendaient, elles faisaient encore passer nos pères et nos frères pour d'abominables bourreaux : torgnole facile et allumette prête à s'enflammer pour un mollet dévoilé. Moi, ce que je voyais de mon balcon, c'était des mecs paumés qui gueulaient balourdement sur leurs sœurs pour qu'elles ne deviennent surtout pas comme eux. Chaque pas en avant est un pas gagné sur l'arrière, il n'y a pas de petites victoires.

— On dirait que tu t'en fous de la meuf qui s'est fait asperger avec de l'acide.

— Je ne m'en fous pas mais elle a assez de ses deux yeux pour pleurer. Pourquoi tu veux que j'aille l'inonder avec mes larmes ?

— Pfff n'importe quoi... C'est bien d'être solidaire aussi.

— Je serai plus utile à cette fille avec une tête bien remplie qu'avec des yeux embués crois-moi...

— T'as toujours des belles phrases pour me retourner le cerveau.

— En parlant de cerveau, va remplir le tien avant que je te tatoue la règle de trois au compas sur le front.

Il y avait de quoi chialer, hurler ou aboyer si on s'en tenait aux histoires de ces filles violées, lapidées ou brûlées par de misérables pleutres. De la vermine, des couards, des lâches, des pétochards qui ne tolèrent la femme qu'une fois dedans et la contestent une fois dehors. Mais je me suis toujours méfiée de mes larmes quand elles coulent trop facilement, de celles que je verse devant la télévision et qui assèchent ma réflexion. Il ne fallait plus pleurer. Il était temps de panser et de penser.

Comment faire comprendre que ce n'est pas bien de frapper une femme ? Que ce n'est pas gentil de la cogner ? Que ce n'est pas élégant de la gifler ? Que ce n'est pas digne de l'insulter ? Et qu'il ne sert à rien de la tuer ? C'est pourtant simple comme notion : ne-pas-violenter-une-femme-verbalement-ou-physiquement. Ça devrait quand même être moins compliqué à intégrer que la physique quantique et la phénoménologie existentielle. Il paraît que certains y parviennent. Donc il y a encore de l'espoir.

Tant que des crétins lèveront la main sur une femme, à nous d'en lever deux et de les leur mettre en pleine face. Peut-être finiront-ils par comprendre que ça fait mal.

— S'te plaît Fairouz, maman est d'accord !

— Et papa ?

— S'il entend le mot pute, tu crois qu'il va me laisser y aller ? Il pige rien à tout ça.

— Parce que tu crois que maman pige quelque chose ?

— Ben en tout cas elle a dit oui.

— Elle a dit oui mais elle est larguée aussi.

— Bon j'peux y aller ?

— Non.

Des comiques ringards relayaient des animateurs dont personne ne voulait pour tirer la sonnette d'alarme et sensibiliser l'opinion par le prisme du rire. Quelle idée de merde quand même. Rire et pleurer, putain, ça on sait faire de nos jours. En quoi un homme violent le serait moins quand il voit BHL poser avec les militantes ? Au contraire, ça donne encore plus envie de castagner la première qui se présente de voir les peoples passer d'une cause à une autre du moment qu'elle coïncide avec leur agenda.

Médiatiser la violence faite aux femmes n'a rien changé au chiffre atroce de femmes mortes sous les coups d'un mari énervé. Alors punissons comme il se doit ces voleurs de vie avant de trouver une solution plus noble.

Nous avions déjà réuni une jolie somme mais nous étions encore loin du départ à La Mecque. M. Ourghidour travaillait à l'ancienne : il stockait nos euros dans une boîte en métal vert fermée à clef. Lorsque nous allions chez lui, Kalsoum souriait à pleines dents comme si elle se disait « ça m'enchante d'être tellement généreuse ». Mais en vérité, elle faisait comme moi, elle se représentait tout ce qu'elle aurait pu faire avec cet argent. Un passage au marché pour une paire de spartiates mordorées, du maquillage bon marché, un Iphone tombé du camion de Manu du bloc G. Et peut-être qu'il lui en serait resté un peu pour s'acheter le coffret de *Sex and the City*.

Moi, c'était beaucoup moins dispersé dans ma tête : je me serais barrée. Peu importe où, à Cabourg, à Cassis ou à Guéthary, mais cavaler dans l'autre sens et me mettre sur pause. Capturer les images, absorber les senteurs, compter mes orteils et enregistrer les bruits. Pas n'importe lesquels. Ceux qui se murmurent. Ceux qui détestent le vacarme. Mais le tic-tac de l'horloge indiquant l'heure de La Mecque m'extirpait de mes rêveries et je replongeais bien malgré moi dans l'interminable blabla de M. Ourghidour pour qu'on choisisse l'hôtel cher.

On s'est regardées avec Kalsoum et on a choisi l'hôtel cher. Pourquoi ? Je ne sais pas vraiment, on s'est simplement regardées et on a dit « D'accord ». Comme si on avait toujours eu l'intention de choisir la formule la plus chic pour que nos parents soient totalement comblés et qu'ils profitent de leur séjour dans les étoiles. Mais au-delà des bonnes intentions, il y avait surtout cette culpabilité qui nous paralyse tous depuis Abraham. Si j'étais tombée sur saint Augustin, je lui aurais dit que quand on ne va pas bien, ce n'est pas la peine de contaminer tout le monde avec sa mauvaise humeur et qu'à cause de lui on paye cher le péché originel, commis, je le rappelle, par deux personnes que je ne connais ni de près ni de loin. Ils n'étaient même pas marocains et encore moins de Figuig, alors il est certain que je n'avais rien à voir avec eux.

Et pourtant Dieu sait qu'elle me poursuivait cette culpabilité judéo-chrétienne, que les musulmans n'ont eu aucun mal à s'approprier bizarrement. Aurais-je été à blâmer si j'avais choisi l'hôtel moins cher, cela aurait-il signifié que j'étais une ingrate qui néglige ses parents ? Dieu l'aurait-Il pris personnellement ? Oui. J'en étais persuadée et ça me pétrifiait de honte. Incapable de me dessangler de ce masochisme moral qui me hantait, il fallait toujours que je fasse mieux pour les autres et moins bien pour moi. Je pensais intimement en être rétribuée un jour mais pour l'instant rien ne se profilait, toujours la même dèche et un porte-monnaie en papier d'Arménie.

M. Ourghidour s'est levé, nous a priées de l'excuser le temps qu'il fasse sa prière dans l'arrière-boutique. Kalsoum s'est sentie obligée de se justifier et a baragouiné un « je n'ai pas fait mes ablutions, je vais les faire en rentrant ». C'est le lot des filles bien ça, prouver qu'elles ont le cul propre même en sortant du bain. Mais finalement c'est aussi ce que j'aimais chez elle. Elle accueillait ses incohérences avec légèreté et pouvait passer sans complexe de la prière du soir à un épisode chaud de *Sex and the City* où Samantha se faisait culbuter dans tous les sens par un mec rencontré dans les escaliers. Et ça la faisait rire. Et elle ne voyait pas où était le problème. Et c'est moi qui me prenais trop la tête. Et j'intellectualisais tout. Et c'était pénible. Et il fallait que je respire un coup. Et… Et…

Moi je ne priais pas, donc je pouvais sereinement regarder ces quatre filles fantaisie se lamenter sur tous ces atroces mecs super-riches qui ne font que les prendre pour des putes alors qu'elles n'en sont pas. Elles sont romantiques les femmes. Le penthouse, le chauffeur et la *personal shoppeuse*, c'est en extra et ça passe bien après l'amour, le vrai, le pur, celui que Carrie a rencontré et dont on rêve toutes. Celui qui a le goût du Beluga, la couleur du Lady Dior et l'odeur d'une Calèche. Tout ça coûte de l'argent. Il vaut donc mieux être un peu pute pour trouver l'amour comme à la télé, celui qui rend heureuse et qui ne s'embarrasse de rien d'autre que des fuseaux horaires pour avoir bonne mine quand les amants se retrouvent à Jodhpur ou à Windhoek.

Je poireautais depuis maintenant cinq minutes, attendant qu'il revienne et qu'on en finisse avec cette réservation qui me tourmentait tellement. Il prenait son temps pour dire *merci* mais surtout *s'il te plaît* à Dieu. Décidément les musulmans sont les rois du rendement. En moyenne une prière dure dix minutes, trois d'entre elles se font pendant les heures de bureau, ça fait trente minutes par jour de productivité en moins, cent cinquante par semaine, six cents par mois, sept mille deux cents par an et deux cent quatre-vingt-huit mille par vie. Quatre mille huit cents heures de travail en moins sur une période de quarante ans.

Dieu exige-t-Il vraiment qu'on ferme sa boutique pour aller Le glorifier ? Comment un Dieu juste et aux quatre-vingt-dix-neuf noms si élogieux peut-Il préférer qu'on Le loue plutôt qu'on ne fasse ? Peu importe quoi. Mais qu'on fasse des trucs. Qu'on travaille. Qu'on apprenne. Qu'on pense. Et qu'on rigole parfois. C'est aussi une manière de lui rendre grâce de faire des trucs et de laisser une empreinte de notre passage ici-bas. C'est même vachement plus compliqué que de réciter de jolies sourates et de faire de la gymnastique sans esprit. Dieu tel que je me L'imagine ne peut pas se contenter d'un concert de litanies complaisantes, Il doit aimer les choses éblouissantes, de celles qui Lui rappellent pourquoi ça valait la peine de nous faire. Il doit aimer se dire *Waouw !* de temps en temps et sourire de nos accomplissements. Ça doit le changer des guerres, des génocides et des millions de faits divers qu'on Lui met sur le dos. Quelle idée de génie quand même. C'est pas moi, c'est Dieu qu'a dit : version mystique de « Jacques a dit », en plus sanguinaire et moins poilant.

Ils sont revenus en même temps, Kalsoum, qui était sortie téléphoner, l'oreille violette et M. Ourghidour le front un peu plus brun. On a signé le papier rose, lâché le billet jaune, haï la boîte verte et serré sa main moite. Puis nous avons marché vers ma voiture blanche, garée au coin de la rue, devant l'autre agence de voyage. Toujours la même, celle qu'on lorgne à chaque fois. Dans des tons turquoise et beige. Avec des promos en orange fluo. On s'est arrêtées au feu rouge et on s'est avoué un truc :

— J'aimerais bien m'acheter les spartiates là, comme celles d'Amina.

— J'aimerais aller au bord de la mer, à Cabourg ou à Cassis genre.

— Salut c'est moi !

— Agi ya benti, nakki el homous li fzekti hadi khmes yam oulla radi tnod chajra diel homous hna[1].

Je ne me rappelais pas avoir vu ma mère ailleurs que dans la cuisine à l'heure où je rentrais de l'école et depuis peu de la fac. Abonnée aux plats en sauce, ma mère n'a jamais pu avaler un sandwich, elle ne savait pas comment s'y prendre et trouvait grossier d'ouvrir à ce point la bouche pour manger. Elle aimait les plats communs avec de la viande au sommet et des légumes en contrebas, flottant sur de la sauce rouge ou jaune selon les épices. Avec ses doigts de cuir, elle écartelait la chair du veau, brûlante et élastique, et disposait de petits tas de viande devant chacun de nous. Elle se servait en dernier, se contentait des morceaux plus nerveux et moins tendres et c'était comme ça depuis toujours.

J'avais beau lui répéter qu'un plat de pâtes irait aussi, elle acquiesçait et finissait par faire

1. Viens ma fille, enlève vite la peau des pois chiches que t'as fait tremper y a cinq jours sinon c'est un poichicher qui va pousser dans ma casserole.

une sauce pour les accompagner. Toutes mes sorties scolaires ont été bousillées à cause de ça. Mes sandwichs ne ressemblaient pas à ceux de mes camarades. Deux tranches de pain. Jusque-là tout va bien. Beurrées. Là aussi ça va. Avec des crudités. Ok. Mais aspergées du tagine de la veille, c'est là que ça merde. Ajoutez à cela environ trois heures d'autocar, de la chaleur et des tomates qui fermentent, ça donne une petite Fairouz qui déjeune toute seule entre un poney et du mélampyre des prés.

On dînait toujours en famille dans le salon, autour de notre table ronde et basse, pile à la hauteur des banquettes en velours fleuri, où on pouvait immédiatement s'affaler après avoir mangé comme des ogres. Une jolie nappe brodée était recouverte d'une bâche en plastique pour éviter de la salir. Si bien que la nappe était neuve depuis dix ans et qu'elle le serait encore dans vingt. Chez les Arabes, le rapport au neuf est très curieux. Le rapport au plastique aussi. Ils raffolent du plastique, des nappes, des fruits, des horloges, des bibelots et des sacs. Un Arabe ne sait pas voyager léger. Ou même en condensé. Il s'éparpille et rajoute toujours à la dernière minute un truc dans un sac en plastique.

Un jour, mon père revenait d'Amiens en train après une saddaka[1], je suis allée le chercher à la gare, et j'ai été étonnée de ne pas voir de sacs de voyage. Il n'avait qu'un sac en plastique avec à l'intérieur une pomme, un quignon de pain, un bas de pyjama et une brosse à dents

1. Veillée.

en nylon avec des poils courbés, qui normalement sert plus à nettoyer les recoins de l'argenterie que des dents. Mais les dents de mon père étaient marron depuis sa naissance, il a été élevé au thé plutôt qu'au lait, les seins fatigués de sa pondeuse de mère n'avaient pas résisté au pompage de neuf marmots gourmands. Lorsque je lui ai demandé pourquoi il ne voyageait pas avec un vrai sac de voyage, il m'a répondu, désorienté : « Et pour quoi faire ? » Je n'ai pas su quoi lui répondre, nos préoccupations n'étaient vraisemblablement pas les mêmes. Alors je me suis tu. On a croisé un couple d'adolescents qui se roulaient des pelles mousseuses en attendant leur train. Il a soupiré et a renoncé à dire quelque chose. Avec son petit sac en plastique et sa démarche d'immigré, il m'a prise au cœur. Je savais maintenant pourquoi je choisirais toujours l'hôtel cher pour mes parents. Car ils étaient totalement paumés. Car ils me faisaient pleurer.

Cette passion pour le plastique reste une énigme et ce n'est pas pour rassurer les écolos. Mais il y a un autre mystère chez les Arabes, c'est leur vénération pour le neuf. Acheter neuf et garder neuf. Ne surtout jamais utiliser de peur que ce ne soit plus neuf. La vaisselle surtout. Des kilos de vaisselle chinoise faite en Turquie par des Kurdes et revendue par des Pakistanais au marché de Montreuil. Les femmes arabes raffolent de ces bols, plats, saladiers, soupières, saucières, soucoupes et autres sucriers bariolés d'inspiration asiatique, entreposés dans le buffet, derrière une vitre. Elles achètent des tonnes d'ustensiles pour aller avec mais c'est pourtant bien les doigts qui raflent tout au moment du repas. On aime l'idée du couvert sophistiqué mais au fond on ne comprend pas pourquoi un bout de métal devrait s'immiscer entre la bouffe et la bouche. Chez nous, le buffet du salon renfermait des trésors de vaissellerie accumulés par ma mère et offerts par ses copines. Le placard saturait et semblait hurler à ma mère : « Marie-Antoinette sort de ce corps ! » Il n'y avait rien à faire, Hafida n'était pas près de déloger la marquise de Pompadour qui sommeillait en elle. Demain au marché, elle rachèterait un saladier.

Alors que je papotais avec ma mère tout en épluchant les pois chiches, je me suis aperçu qu'on rigolait dans le salon. C'était Najib et Shéhérazade que je n'avais pas entendus et qui regardaient *16 ans et enceinte* sur MTV.

— Ça va ? Pas trop dure la vie ?

— Ben quoi ?

— Levez-vous et mettez la table !

Après avoir dit *Bismillah*[1], on piochait dans le tagine de coings au safran et dans les petites salades parsemées autour de la table. La télé était toujours allumée et les fidèles toujours très croyants quoique plus étourdis au bout de sept tours complets de la Kaaba. J'évitais de trop saucer car j'avais tendance à fabriquer de la peau d'orange beaucoup plus facilement que du muscle mais surtout je mangeais avec une fourchette. Pas pour faire ma crâneuse mais parce

1. Grâce à Dieu.

que je ne supporte pas quand la sauce vient dégouliner sous mes ongles et qu'après cinq voire dix lavages, il reste de la salissure jaune orangée sur les côtés.

Ma mère perpétuait son rituel et répartissait les morceaux de viande entre nous. Mon père à son tour nous donnait sa part, qu'on lui rendait. Tout ce petit cirque était bien ficelé et bien agréable, c'était sa manière de nous dire *je vous aime* et nous de lui répondre *nous aussi*. Il est vrai que je la lui rendais sans regrets : je n'aimais pas la viande.

— Elle fait sa bourgeoise là depuis qu'elle est à Paris.

— On dit depuis qu'elle étudie à Paris, Najib, *étudie*.

— Ouais c'est ça vas-y, fais ta maline, *zerma*[1] « je suis végétarienne »...

— Si je compte le nombre de fois où tu te grattes les couilles et le nombre de fois où tu te laves les mains, je suis très contente de ne pas manger dans ce plat.

Bien sûr lorsqu'on se vannait avec mon frère et mes sœurs, on s'arrangeait pour ne pas être entendus, et encore moins compris. Mon père changeait de chaîne au moindre baiser, alors pour une couille, il aurait pu nous assommer. Et vu les programmes de la télé française aujourd'hui, un cul pouvait surgir de nulle part, à n'importe quelle heure, même le dimanche matin sur la 2 ce n'était pas impossible. Donc, forcément, quand mon père était là, on se tapait les chaînes marocaines qui passaient

1. Genre.

d'une recette de cuisine à un chant coranique et d'un chant coranique à une recette de cuisine. Toujours à base d'huile. Et de kasbour[1]. Kalsoum, Shéhérazade et moi débarrassions la table puis la cuisine. Mon frère tentait de faire illusion avec de grands gestes mais ne touchait pas à grand-chose au final et disparaissait dans les étages avec des potes.

Restée dans le salon à préparer le thé, j'entendais mon père et ma mère bavarder.

— Larbi, disait ma mère, tu sais combien de Français ils arrêteront de manger de l'hamburger s'ils devaient tuer eux la vache ?

— Combien ?

— Ben dis un chiffre pour voir.

— Mais je sais pas moi, c'est toi qui as vu l'émission, pas moi !

— 44 %.

— 44 % des Français ils préfèrent de ne pas manger le sandwich s'ils doivent tuer eux la vache ?

— Exactement, c'est qu'est-ce qu'ils ont dit dans l'émission de la santé.

— Mais moi je suis français.

— Et alors ?

— Et alors personne il est venu me poser la question de la vache.

— Mais Larbi, ils peuvent pas demander à tous les Français, ils font comme des mathématiques pour savoir.

— Ben déjà ils ont pas demandé aux musulmans parce que les musulmans ils ont

1. Coriandre

pas peur de la vache, ils tuent le mouton tous les ans !

— Bah...

— Alors c'est des mensonges, ils veulent nous faire croire n'importe quoi comme ça ils font qu'est-ce qu'ils veulent, c'est les lobbys tout ça. Et toi tu crois tout... ma pauvre comme tu es bête...

— C'est quoi loubby ?

— C'est comme des gens ils font des réunions en cachette tous ensemble et ils décident des choses pour nous. C'est eux qui ont l'argent, le pouvoir... la politique quoi...

— Tu as raison Larbi, je me disais quand même 44 % c'est beaucoup.

Cette conversation surréaliste entre mes parents m'attendrissait encore une fois. Mon père voulait être pris en compte même pour la question de la vache. Il savait très bien qu'il n'était jamais considéré dehors, du coup il se vengeait un peu sur ma mère et lui faisait une petite leçon de politique. La vache, il la dégommait, le hamburger il le démontait et si la France n'avait pas daigné venir lui poser la question, alors ça ne méritait pas une réflexion approfondie, il valait mieux écouter le discours de Nasrallah sur Al Jazeera. Lui, au moins, il prenait les musulmans en compte. La vache, qu'elle aille se faire niquer.

Après mon cours de sociologie politique, je fonçais chez Jeanne Baugency, chez qui je faisais quelques heures de ménage et de baby-sitting par semaine. Jeanne Baugency, c'était comment vous dire... un rêve pour un homme, un cauchemar pour une femme, un poison pour un macho. Intelligente, belle, élégante et douée, elle avait ce supplément d'âme qui agace les faibles et impressionne les forts. En plus de cela, elle était une mère attentive, une épouse amoureuse et une femme souveraine. Les mauvais jours, oui, c'est vrai, on avait envie de lui faire un croche-patte. Les bons, on voulait avoir son secret. Mais il n'y en avait pas.

Elle enseignait le français dans une prison pour femmes, accueillait occasionnellement des enfants malades pendant leur opération et s'occupait de sa petite famille sans emmerder personne. D'accord, son mari était blindé. Ça détend, forcément. Mais elle aurait pu faire comme plein d'autres jeunes quadragénaires mariées et mal baisées, poser son ferme petit cul sculpté par un coach sur une chaise Prouvé, s'improviser créatrice de bijoux ou restauratrice de meubles pour enfants, et organiser des ventes privées entre copines identiques qui se refourguent leurs merdes entre elles.

Pendant ce temps, les maris continuent de dealer. Des trucs sérieux. Dans de vraies entreprises. Avec de véritables enjeux. Les hommes entretiennent volontiers ce leurre qui se déroule sous leurs yeux car ils savent qu'une femme célébrée et encensée cogitera moins qu'une femme tout court. Entre la fête de la femme, des mères et des grands-mères, les prix qu'on lui décerne pour un oui ou pour un non et son omniprésence dans les médias (uniquement les belles, les moches ce n'est pas assez beau), la femme a perdu ce pour quoi elle s'était battue : sa réalité.

— Bonjour Fairouz, comment ça s'est passé avec Eliott ?

— Très bien, il a un peu vomi tout à l'heure mais c'est parce que je l'avais laissé devant la chaîne parlementaire.

— Ah oui, quelle idée vous aussi !

— Hortefeux a pris la parole et c'est tout sorti.

Jeanne s'est catapultée sur Eliott et l'a asphyxié de bisous. Dans une superbe cuisine taupe et mastic, ça le faisait, quand même. Le cliché était séduisant. Ses mèches, son look, son bébé, son intérieur, je remportais haut la main le plus beau cliché de l'année. Élancée, habillée d'un rien (un rien en lin et cachemire), du volume dans les cheveux, des attaches fines, une taille marquée, une peau de pêche et un cul de Namibienne, Jeanne était le genre de femme qui n'a jamais de poils sur elle, seulement du duvet. Moi, je mangeais de la friture et des gâteaux au miel trop souvent, mon cul était tellement flasque que quand je me posais sur une chaise, je ne m'asseyais pas, j'amerrissais. Ça ne devait pas être simple pour elle. Je veux dire dans son milieu. Les femmes des collègues du mari ne pouvaient pas la blairer.

J'avais tout entendu un soir où je faisais le service à un dîner chez eux. C'est d'ailleurs ce jour-là que j'ai aimé Jeanne. Il faut dire qu'elle a eu un geste inouï envers ma mère et moi. Toutes les mères arabes font le meilleur couscous de la terre, mais celui de ma mère est réellement le meilleur et il devance tous les autres d'au moins un kilomètre. Ma mère et sa couscoussière avaient été engagées par Jeanne pour préparer un dîner oriental. J'étais censée prendre le relais le soir, une fois que les invités arriveraient.

C'était le début de l'après-midi, ma mère s'était apprêtée, elle avait tout orchestré, des légumes à la semoule en passant par l'épaule d'agneau et le mouton. Les épices à part, la coriandre dans un sachet et la lame de rasoir pour dégraisser Bambi, elle prenait ses marques dans ce somptueux appartement et installait ses ingrédients sur le buffet central.

— Je sûre que si je reste devant le frigidaire, il ouvrira tout seul, elle disait.

— Non, par contre au cabinet quand t'as fini, y'a un petit jet d'eau qui te lave les fesses.

— Ah tu vois, ça c'est nous qu'on a inventé ça, toujours ils prennent les idées des Arabes…

— C'est vrai, c'est dommage qu'on n'ait pas breveté l'eau qui lave le cul tout seul.

— Arrête toujours de dire les mots comme ça toi, on est chez les gens quand même !

Je l'avais donc abandonnée dans ses murs d'un jour et avais fixé avec elle mon heure de retour en tout début de soirée. Ma mère remettait son vieux fichu sur la tête et sa blouse couleur tache d'huile. J'avais refermé la lourde porte blindée de l'entrée et de nouveau j'avais eu un petit pincement au cœur de la voir ainsi, enthousiasmée à l'idée de « faire partie d'un projet » chez des gens importants et d'en être même l'instigatrice. Elle se sentait utile donc elle allait se surpasser.

Jeanne et son mari Bénédict avaient déjà eu la chance de goûter le couscous de ma mère : elle m'en faisait souvent porter pour les remercier d'être gentils avec moi. J'avais beau hurler sur elle, lui expliquer qu'ils n'étaient ni gentils ni méchants, qu'il s'agissait d'une relation de travail, qu'ils me donnaient de l'argent parce que je bossais chez eux (j'utilisais des mots simples pour que ça rentre dans son crâne d'immigrée), il n'y avait rien à faire, il fallait que je les remercie d'être si gentils et que je n'oublie pas de dire *merci*. C'était peine perdue avec elle. Lorsqu'elle était arrivée en France, elle avait trouvé les gens extrêmement méchants. Les gentils, il fallait donc bien les remercier.

Le soir, nous sommes arrivées ensemble avec Jeanne.

— Coucou c'est nous maman ! J'te présente...

— Ya benti, agi, agi, vissah...[1]

Ma mère pleurait comme un enfant qui a fait pipi sur lui à l'école. Elle avait tellement honte qu'elle n'osait pas regarder Jeanne. Affolée, je lui ai demandé de se calmer et de m'expliquer ce qui n'allait pas. Il suffisait de regarder le buffet : les légumes étaient épluchés, les marmites remplies d'eau, la viande encore crue et la semoule toujours en boîte. Jeanne était inquiète de voir ma pauvre maman si éplorée. Je l'ai vite rassurée et je lui ai traduit ses explications décousues :

— Elle n'a pas su allumer le gaz, ensuite elle n'a pas su téléphoner et après votre voisine ne lui a pas ouvert...

Immédiatement Jeanne a souri et a pris les mains de ma mère dans les siennes. Elle a endossé toute la responsabilité de l'incident et a même fait semblant d'être elle aussi dépassée par tout ce modernisme, prétendant qu'elle ne savait jamais faire marcher ces satanées plaques en céramique et que de toute façon la vraie cuisine ça se fait avec du feu. Elle a tout mis sur le dos de son mari (absent) et de ses lubies décoratives.

— De toute façon, une cuisine trop chic, c'est une garantie de malbouffe !

Elle a réussi à décrocher un sourire à ma mère qui n'en demeurait pas moins effondrée. Elle avait failli à sa mission et elle ne s'en remettait pas. Elle ne cessait de me répéter :

1. Ma fille, viens, viens vite...

— La hchouma, la hchouma[1].

Je l'imaginais, contrariée dans son élan, son envie de bien faire les choses, en train de se torturer les méninges pour faire bouillir cette putain d'eau préfiltrée. Je la voyais insulter ce maudit téléphone chromé sans chiffre. Et je l'entendais dire merci quand la voisine n'a pas ouvert.

Jeanne a eu la délicatesse d'utiliser son téléphone portable devant ma mère pour appeler Dalloyau et passer sa commande. Mon père nous attendait comme prévu à l'angle de la Villa Montalembert. Lorsqu'il nous a vues arriver, il a senti la couille se profiler. Peu loquace, ma mère lui a raconté ce qui s'était passé avec son ton de « fais pas chier ». Il n'a pas pu s'empêcher de souligner que lui, il le savait et que :

— Même y'a des casseroles qu'elles vont pas sur n'importe quelles plaques. Toujours pour qu'on achète plus, c'est des lobbys tout ça...

La bienveillance de Jeanne à l'égard de ma mère m'a réconciliée avec les bourges canons quelque temps. Une heure. Après ses copines sont arrivées et je me suis remise à les détester. Je crois que c'est leur manière de se tenir. Ou de parler. Enfin un des deux. Non, les deux.

---

1. Mais quelle honte !

Quand j'étais plus jeune, je rêvais de tenir un journal intime, de ceux qu'on ferme avec un cadenas en forme de cœur et dans lesquels on écrit avec des stylos de toutes les couleurs. Je voulais aussi qu'il y ait des graffitis sur la porte de ma chambre et un panneau *Frappez avant d'entrer*. Vanessa avait tout ça, et un appareil dentaire, une longue frange, un tee-shirt Chipie qui lui moulait la poitrine… En plus, elle avait de la poitrine. Et elle disait « Oh, really ? » à tout va. Sa mère était anglaise. À l'époque, je ne savais pas que c'était tout pourri d'être anglais alors j'en voulais vraiment à Dieu de m'avoir fait naître dans ma famille. Plus tard, j'ai compris que leur gelée valait bien nos pieds de veau et que pour tout le reste ils étaient juste meilleurs en com.

J'aurais voulu être fière d'être arabe à l'époque, non pas en réaction contre eux, mais malgré eux. Connaître mon histoire et aller à l'école à cloche pied en chantonnant une comptine en arabe et que ça fasse cool aussi. Mais je n'étais pas la fille populaire de mon collège. Ni Ramlata, ma copine éthiopienne. La fille populaire, c'était bel et bien Vanessa. Enfin,

Ness. Comme si Vanessa était tellement long et compliqué à prononcer qu'il avait fallu amputer son nom de tous les *a*. Ça encore, c'était de la com. Même si j'avais voulu, mon prénom ne s'y prêtait pas. Fai, Rourou, Zouzou, Fouz, Féfé : ça ne claquait pas pareil. Ness aurait un destin que Fouz n'aurait jamais. Et encore, je ne m'appelais pas Zoubida Bourjaja, elle, c'est certain, elle finirait mariée avec cinq gosses. Au mieux quatre.

Un jour, en cours d'histoire, Ness s'est assise à côté de moi. J'ai joué l'indifférente et ça a payé : elle m'a emprunté ma gomme. Oh putain comme j'étais heureuse, j'ai marmonné un « Ouais vas-y » tout en priant le ciel pour que ma gomme bon marché gomme mieux que sa gomme oubliée. Génial, ma gomme gommait super bien. Égalité. Elle me l'a rendue en me remerciant. Et là, j'ai tout gâché, j'ai dit « Dorien ».

J'étais consternée par moi-même et incapable de me concentrer sur les Auriol, Ramadier et Schuman qui se tiraient dans les pattes ce jour-là. J'ai gardé un souvenir très flou de la IVe République. C'est bien dommage car l'interro surprise qui tombait le lendemain portait sur de Gaulle, précisément. J'avais des flashs avec des mots comme *élus à la proportionnelle, les femmes votent pour la première fois, assemblée constituante, MST, cartes de rationnement*... J'ai eu 0 et un avertissement, j'avais confondu MRP et MST. Je jure que je ne connaissais ni l'un ni l'autre. Une affiche de prévention à la con avait dû m'induire en erreur et ma prof a cru à une blague de très mauvais goût. Ça a fait considérablement baisser ma moyenne. Ça m'apprendra à vouloir être anglaise.

Au troisième trimestre, j'ai eu de bonnes raisons de la détester. Balfour et sa fabuleuse idée se sont retirés à l'heure du thé, laissant deux peuples déphasés les mains dans le caca et les pieds dans le sable. Une partie est devenue de l'herbe. L'autre du gravier. Bravo les Anglais, il n'y a vraiment pas de quoi la ramener. Ness en premier.

À la rentrée d'après, Vanessa s'était tassée alors que moi j'avais poussé comme un palmier. Et sa décrépitude n'a cessé de s'intensifier. Hier, en sortant de chez M. Ourghidour, j'ai heurté une grosse dondon avec une poussette pour triplés.

— Excusez-moi...

— Oh, really ?

Merde, c'était Ness. Non, absolument plus. C'était bien Vanessa, avec deux *a*, si ce n'est plus. Depuis sept ans, elle avait bougrement changé. Elle s'est mise en pilote automatique, et elle a dégainé sur son parcours depuis le lycée. En apnée, elle m'a raconté ses bébés, son mari, son mariage et sa passion pour la peinture. Elle m'a tartiné de photos sur son portable pour me certifier que sa vie, c'était vraiment « que du bonheur ! ». Un vrai naufrage en réalité. La belle Anglaise avait échoué dans la bande de Gaza et le triple blocus la maintenait amarrée à son foyer. J'avais oublié que les noiraudes vieillissent mieux en général. C'est une maigre consolation mais c'en est une quand même.

Prenant ma revanche sur ses « Oh, really ? », je lui ai balancé un *Dis Wallah*[1] juste pour le plaisir. Celle à qui j'avais prédit un destin hors du commun s'en sortait moins bien que Zoubida Bourjaja, Ramlata et moi réunies. Tout foirait. Elle portait une parure de bijoux en plein jour, son petit orteil sortait de sa chaussure à lanières, ses talons en métal usé faisaient du boucan, sa musique de portable était romantique, sa french ne respectait pas la proportion entre le trait blanc et l'ongle, son contour des lèvres marron n'était pas estompé, son trait d'eye-liner s'arrêtait beaucoup trop tôt, ses extensions étaient visibles, elle portait sa bague de fiançailles à l'index et le pire, sur sa photo de mariage, c'est qu'elle avait gardé ses lunettes de vue fantaisie. Je ne vous parle pas de l'outrancier chapeau blanc alors qu'à l'époque elle avait les cheveux courts.

Vanessa était une caricature de la pom-pom girl qui épouse le capitaine de l'équipe de football américain et qui accouche. Et qui téléshoppe. Et qui accouche. Et qui twitte. Et qui accouche. Et qui downloade. Et qui accouche. Et qui cry. Et qui accouche. Qui passe sa journée à la maison et s'évade sur internet pendant la sieste d'Océane, Jénaé et Timéo. Je n'ai jamais vu une fille populaire au lycée exploser son potentiel et décupler ses capacités. Elles s'encroûtent dans leurs facilités alors que sur

1. « Oh, really ? » en arabe.

le banc de touche, on a l'œil affûté et on déchiquète la moindre opportunité tombée du panier.

Encombrée par une surabondance de superflu, Vanessa accumulait tout ce qui m'énerve chez les gens, peu importe le milieu. Du gadget inutile aux us périmés, plein de détails m'exaspéraient dans la vie de tous les jours comme les gens qui disent « à toutal' » au lieu d'« à tout à l'heure », ceux qui portent des chaussons Droopy à plus de 30 ans, qui coupent leurs spaghettis au lieu de bouffer des coquillettes, qui ne prononcent jamais le *x* et le remplacent systématiquement par un *s*, qui s'intéressent à l'art contemporain et s'arrangent pour le faire savoir, qui entremêlent leurs coupes de champagne en se regardant dans les yeux, pas à côté, qui achètent des tasses de petit déjeuner par deux parce qu'ils sont en couple, qui ornent leur appartement de mots doux comme *Amour* ou *Doux rêves* au-dessus du lit, les filles qui prennent des cours de pole dance pour faire un striptease à leur mari, qui portent de longs gants en satin retenus par un fil au majeur le jour de leur mariage, qui disent qu'elles n'ont pas faim pour ne pas grossir, qui déposent leur candidature pour aller témoigner dans une émission de merde à la télé, qui disent « mon homme » au lieu de « mon mari », qui portent des cyclistes tellement serrés qu'on voit leur chatte en 3D, qui se font des mèches blondes alors qu'elles ont des cheveux noirs, qui mettent des tongs alors que leurs pieds sont inqualifiables, qui sortent s'éclater entre filles pour draguer des garçons, qui lèvent les mains en l'air en croyant que ça suffit pour s'amuser en soirée, qui cherchent l'amour ou des « rencontres de vie » sur internet, qui bossent dans l'événementiel ou dans la com, qui font des créneaux à une seule main et, par-dessus tout, ces mères qui s'habillent comme leurs ados et espèrent avoir de l'autorité sur elles. Tout ça manque sévèrement d'austérité et, dans ce florilège de couleurs vives, on ne distingue plus vraiment le noir du blanc.

À force de nous voir adresser des messages contradictoires, on a fini par perdre le sens de l'orientation. Les magazines féminins nous encouragent à assumer nos rondeurs en ne montrant que des mannequins décharnés et de nous apprécier au naturel tout en retouchant la plus sublime des actrices. Comment respirer quand une nouvelle tendance capitale tombe chaque semaine et que vous n'avez pas les moyens de la suivre ? Que faire quand votre gueule évoque plus Rosy de Palma que Natalie Portman mais qu'Almodovar ne vous a pas repérée ?

Notre bonheur ne dépend plus de nous, on se sent désinvestis. Alors on prend l'avion et on va en Asie questionner Krishna et pour ceux qui n'ont pas le temps, quelques chapelets folkloriques autour du cou feront l'affaire. Ça y est, j'ai trouvé. Voilà ce qui m'énerve par-dessus tout : les Blanches qui vont en Inde raviver leur paix intérieure. Comme c'est agaçant. À chaque décennie son voyage. Dans les années 80, elles allaient se faire baiser dans des bungalows au Club Med. Aujourd'hui, elles vont se faire pomper par Patanjali au sommet d'une montagne ayurvédique. Les seuls qui ne varient pas finalement, ce sont nos bons vieux pédophiles qui raffolent toujours autant des petits zizis jaunes, voire marron.

En parlant de paix intérieure, il fallait sérieusement que je me calme. À fleur de peau tout le temps, j'ai bien failli en coller une à Vanessa lorsqu'elle m'a dit « faut que j'te rajoute sur mon Facebook ». J'ai épargné cette jeune mère de trois enfants, et c'est M. Ourghidour qui a pris dans sa gueule lorsque je suis retournée à l'agence parce que j'y avais oublié mes clés. Croyant me mettre du baume au cœur, il m'a niaisement répété d'abord en arabe puis en français cette sourate bienveillante : « Sache ma fille que tous les bienfaits que les enfants prodiguent à leurs parents leur seront rendus au centuple au paradis. »

— Ah bon ? À 5 000 euros le voyage, ça fait 500 000 quand même, c'est pas rien quoi !

Je me suis barrée. Vidée. Éreintée. Et déprimée.

On était samedi, jour du marché. J'accompagnais ma mère avec mes sœurs. Chez les mères arabes du quartier, ça équivalait au festival de Glastonbury mais sans la boue, sans la musique et sans Kate Moss. Pour rien au monde, ma mère ne raterait un événement aussi exceptionnel, surtout que M. Hamidullah lui avait promis de lui dénicher deux sacs imitation Gucci. À l'arrivée, il y avait bien deux sacs imitation Gucci, imitation cuir et imitation sacs.

Kalsoum, très enthousiaste, me montrait ce qu'elle venait de dénicher chez le Bosniaque d'à côté.

— Tu vas pas prendre celui-là, on dirait une pute de l'Est.

— Ah ouais ? Il fait pas classe ?

— Comment te dire, la classe est sur ta gauche et toi tu es à l'extrême droite du Front national et du Ku Klux Klan réunis.

Ma mère a acheté les deux sacs. Elle n'en garderait qu'un seul comme à chaque fois. Elle offrirait l'autre et les sept qu'elle cachait dans son armoire derrière les couvertures polaires à des tantes, des cousines et des voisines restées au pays. J'ai soudain réalisé que même mon amour de mère voulait du Gucci. Avec ses bourrelets, son foulard et son henné sur les ongles, ma petite maman voulait être dans le coup et jouir par procuration. Si Natalia Vodianova[1] semblait heureuse en Gucci, Hafida pouvait tout à fait l'être aussi. À défaut d'avoir la vie rêvée de la légumière devenue lady, ma mère aurait le même sac. Ou presque. En tout cas, il y avait un G dessus et ça veut dire Gucci, tout le monde le sait. Ça lui suffisait.

À gauche, à droite, derrière ou devant, tous les marchands voulaient nous rendre plus heureuses que samedi dernier. Un dernier arrivage ahurissant allait pour sûr combler nos moindres désirs. Marre des rayures sur votre canapé ? Achetez ces housses fleuries brodées à la main. Marre du vernis qui ne sèche pas assez vite ? Achetez le vernis qui sèche très vite. Marre de faire le ménage trois fois par jour ? Achetez l'Éric Besson de la poussière. Avec leurs prix imbattables face à des clientes intraitables, les vendeurs sri-lankais commençaient à se demander s'ils n'étaient pas plus heureux chez eux en plein tsunami que devant ces femmes arabes boulimiques et dévoratrices de choses. De trucs. Et de machins.

— Si je prendre les verres, les bols et les culottes, tu me faire le vase à 5 euros ?

— Si je te faire le vase à 5 euros, tu me prendre avec parce que je me noyer dedans.

Ils avaient de l'esprit en plus et s'amusaient bien en définitive. Une partie bien rodée faite

1. Mannequin célèbre (légumière à Minsk devenue top model et qui vient d'épouser un lord).

de « fais un effort seuteuplaît » et de « plus bas, je peux pas oullah Madame ». Ma mère arrachait le cinquième set à la force de son revers et gagnait quelques centimes grâce à une aimable plaisanterie assurant à chaque marchand qu'il était le bienvenu chez elle pour un couscous ou un thé à la menthe.

Les bras chargés, on s'entrechoquait les unes contre les autres. À chaque stand, il y avait une connaissance entourée d'autres connaissances à qui il fallait claquer la bise. Dans mon quartier, elle se faisait par quatre. On perdait facilement une heure à s'enquérir de comment va la famille, cousins éloignés et par alliance compris. Et on en perdait plusieurs à se dire rien du tout, à s'inquiéter de la santé d'un tel ou à s'informer des amours d'une telle. Toujours avec l'œil soupçonneux car les jeunes filles et l'amour, c'est bien connu, ce n'est pas l'histoire préférée des mères arabes.

En même temps, qu'est-ce qu'elles connaissent de l'amour et des papillons dans le ventre, nos mères ? Pas grand-chose. Elles sont passées de la corde à sauter à la table à langer sans passer par la case baisers volés. Moi, j'en avais volé deux en tout. Et ça m'avait laissé un goût ambigu dans la bouche. La première fois, j'avais eu l'impression d'embrasser les vestiaires du XV de France après un match. La deuxième fois, mille papillons m'avaient dévoré les boyaux, pondu leurs chenilles et fabriqué de la soie entre mon intestin grêle et mes ovaires. Depuis j'avais une chrysalide dans le ventre dès que je le voyais.

Il étudiait dans ma fac mais on ne se parlait plus. Il ne comprenait pas pourquoi je ne voulais pas aller plus loin avec lui. Il se prenait pour Bert mais je n'étais pas Mary Poppins. Là où il dessinait librement de merveilleux chemins filants en chantonnant sous un saule, moi je me heurtais à une voie sans issue et n'avais pas d'autres choix que de faire demi-tour. Pourquoi ne s'appellait-il pas Mohamed ? Tout aurait été si simple s'il s'était appelé Mohamed. On aurait pu s'embrasser et libérer la nymphe qui était en moi. Au lieu de ça, je l'évitais dans les couloirs et j'apprenais à l'annuler dans mon avenir.

— Fairouz, regarde, les cinq strings pour deux euros, cool hein ?

— Non, pour vingt-deux euros Shéhérazade, t'as oublié les vingt euros de traitement des mycoses après.

Ma mère ne s'arrêtait plus de saluer des bonnes femmes qui surgissaient de toutes les allées. Des jeunes et des moins jeunes. Des voilées et des très voilées. Qui ne se gênaient pas pour acheter de la lingerie très coquine, limite libertine. C'est leur argument préféré aux femmes voilées : « On se cache peut-être aux yeux des étrangers, mais nos maris sont les mieux servis. » Des années qu'on se fait chier pour être envisagées autrement que pour notre cul et voilà que Zahia et Khadija, chacune dans un genre différent, foutent tout en l'air, rétrogradent et calent en pleine montée. Qu'on se voile ou qu'on se dévoile, finalement c'est encore le regard de l'homme qui détermine notre surface à abriter. Minijupe et burqa même combat, quand l'une aguiche, l'autre s'éclipse et c'est toujours Mustapha ou Jean-François qui se tend. Pour vendre des clous ou des dessous, la catin cambrée et lubrique pose de la même façon. Il s'agit de faire bander le plus souvent possible : en érection, c'est bien connu, l'homme est toujours un peu plus con.

Ma petite sœur faisait le plein de lingerie pour nos cousines bonnes à marier l'été prochain. Du léopard, de l'imprimé fleuri, du rouge et du noir, il ne manquait plus que le diable, qui de toute façon s'invite toujours chez les amants. Au rayon casseroles, nous sommes tombées sur la pire, justement, Oum Wassim, accompagnée de ses deux filles, de sa belle-fille et d'une nièce. Une vieille garce déguisée en musulmane, péremptoire et sermonneuse. Ma mère était totalement ensorcelée par cette mégère qui répandait toute sorte de rumeurs et allait ensuite chez les uns et les autres amender tout le monde. À quatre-vingts bises, nous ne nous étions encore rien dit à part que le bon Dieu était très bon et qu'en retour nous étions bons avec lui. Rien de spécial : Dieu était déjà au courant qu'Il était plutôt apprécié ici-bas, surtout au marché. J'affichais clairement une mine très antipathique lorsqu'elle s'adressait à moi et répondais laconiquement à ses questions. Je n'avais qu'une chose à lui dire : « Je t'emmerde vieille fouine. » J'essayais de faire passer le message.

Quand on s'est éloignées, ma mère m'a sermonnée :

— J'aime pas que tu dire pas bien bonjour et au revoir aux gens Fairouz.

— J'ai dit bonjour et au revoir, maman.

— Un bonjour sans décoller les dents, c'est pas la peine hein, je pas t'élever comme ça moi !

— Mais arrête j'ai dit bonjour !

— Tu dire bonjour avec la bouche mais avec les yeux tu dire merde. Qu'est-ce qu'ils vont dire les gens après ?

Sans le savoir, Hafida accréditait Emmanuel Levinas et sa théorie du visage comme altérité absolue. Avec elle, il fallait respecter tout le monde. Elle répétait depuis toujours que sa seule richesse, c'était ses enfants et l'éducation rigoureuse qu'elle nous avait transmise. Mais moi, c'est vrai, j'emmerdais Oum Wassim avec les yeux et je ne me gênais pas pour le dire avec la bouche parfois.

— Moi aussi j'en a des problèmes mais toujours je faire le sourire. Bonjour, merci, au revoir, c'est ça le début de tout sinon après on être comme des chiens entre les êtres humains dans la vie.

— Jean-Jacques Rousseau sort de corps !

— Qu'est-ce tu dire ?

— Rien maman, je te promets d'être plus polie la prochaine fois.

— Tu intérêt, elles viendrent manger à la maison demain soir.

Un autre dysfonctionnement structurel chez les Arabes : les invitations. Mon Dieu que les Arabes aiment s'inviter entre eux ! Ils vouent un véritable culte à l'invitation, le soir de préférence et sous toutes ses formes : la traditionnelle, l'obligée, la protocolaire, la plaisante et la chiante. Pour moi, la chiante dominait. Je détestais aller bouffer chez les gens et dire des trucs entre chaque bouchée. Malheureusement, ma mère était gravement atteinte par ce mal et malgré des finances très modérées, elle n'hésitait pas à convier tous ceux qu'elle rencontrait. Elle se justifiait immédiatement en jurant qu'elle ne faisait que rendre une invitation vieille de plusieurs mois. Mais elle mentait. Ce qu'elle voulait par-dessus tout ma mère, c'était prendre du bon temps avec des gens comme elle, jacasser avec ses vieilles rombières de copines et évoquer leur histoire douloureuse en faisant des blagues savoureuses. Vu de ma fenêtre, ça faisait juste un billet vert qui se dérobait encore. La Mecque, d'accord, mais bon...

Le lendemain est arrivé comme prévu : le lendemain. Mon père était invité à une saddaka avec les hommes de l'immeuble. Ma mère écopait donc de cinq femmes abandonnées pour la soirée. Shéhérazade ornait la table de toutes les chinoiseries du marché, Kalsoum décorait les salades individuelles de pignons et de poudre de jaune d'œuf et moi je dénoyautais les olives vertes que j'enfonçais dans le cul du poulet. Ça faisait rire ma mère. J'en profitais maintenant car, pour le reste de la soirée, ce n'était pas gagné. On cancanait dans notre petite cuisine imprégnée de suif tandis que le sifflement de la cocotte-minute cadençait nos querelles idiotes. Nous étions toutes les deux de mauvaise foi mais ça ajoutait un peu de piment. Je maintenais que ses copines la critiquaient dans son dos.

— On se plaint de ne pas avoir d'argent et vous faites des invitations toutes les semaines. Ça coûte de l'oseille à la fin. Pour en plus entendre que c'était pas bon, pas raffiné...

— Tu parles sans savoir, toi aussi tu critiques tout le temps...

— Qui a dit que le mariage de Karim, que Dieu ait son âme, n'était pas halal parce que t'avais invité trop de Français et qu'ils buvaient des bières ? Qui a dit que tu laissais trop de gras dans le mouton pour ne pas payer la viande trop chère ? Qui a dit que ton thé, on dirait de la pisse de chat ? Tu veux que je continue ?

— Moi je faire pas les choses pour les autres, je les faire pour moi. Et pour l'alcool moi, j'en étais pas d'accord.

— Mais arrête, ils boivent tous, les musulmans. À part toi et papa, tout le monde boit !

— Je dire pas ça, je dire quand même beaucoup des musulmans ils boivent pas.

— Tu connais les supermarchés Marjan au Maroc ?

— Oui je connaître, bien sûr, je vais moi là-bas.

— Eh bien 60 % de leur chiffre d'affaires, c'est l'alcool.

— Wech ?[1]

— Le total de combien gagne le supermarché par année, plus de la moitié c'est grâce à l'alcool.

— Impossible !

— C'était dans le journal.

— Le journal français ?

— Non, un journal marocain, maman.

— Mais déjà, il y a beaucoup des touristes et un peu des musulmans mécréants, mais pas soixante comme tu dire, c'est pas possible, non, non, non, les musulmans ils boire pas.

1. Quoi ?

— Il ne sert à rien de parler à une cervelle aveugle...

— Quoi ?

— Je dire tu raison, c'est moi qui comprendre rien maman.

Les drôles de dames sont arrivées en une fournée. Elles ont enlevé une première couche de vêtements puis une sous-couche de guenilles et se sont implantées de toutes leurs chairs dans nos nouveaux canapés fleuris brodés à la main. Les housses rayées partiraient au Maroc l'été prochain en même temps que les strings zébrés et quelques bols sri-lankais. J'avais promis à ma mère d'être polie avec la vilaine et je comptais bien m'y tenir car j'avais un truc à lui demander, plus tard dans la soirée.

— Alors Fairouz, comment se passent les études ? a demandé Oum Wassim en se resservant du poulet.

— Très bien, merci.

— Qu'est-ce que tu étudies déjà ?

— Psychologie et sociologie.

— C'est bien la sociologie.

— J'étudie surtout la psychologie.

— Ce n'est pas indispensable la psychologie. En quoi un inconnu va résoudre mes problèmes ? Tout ça, c'est dans la tête, il suffit d'être fort et de les surmonter. Avec l'aide de Dieu évidemment...

— Tant mieux si vous vous en sortez seulement avec Dieu.

— Bien sûr.

— Cela dit, je suis toujours très étonnée de voir la quantité de jeunes de nos quartiers qui consultent. Bien entendu, en cachette.

— Ce n'est pas vrai, ce sont les assistantes sociales qui leur mettent ça en tête mais la plupart n'ont pas besoin de ça. Les Français raffolent de la psychanalyse et pour finir ils sont encore plus fous qu'avant.

— Si, si, je vous le garantis, je sais de quoi je parle. Par exemple, ces garçons qui aiment d'autres garçons et qui n'osent pas le dire à leur mère.

L'olive dénoyautée est ressortie instantanément de la bouche de ma mère qui m'a flinguée du regard. C'était plus fort que moi, quand je voyais Oum Wassim, derrière ses airs moralisateurs, je sentais bien qu'elle rêvait de se faire cravacher. Bam, je l'ai achevée.

Après le dîner, on traînait sur le lit avec ma mère, réconciliées après que je m'étais excusée. Pour la forme. Uniquement la forme.

— D'accord je ne recommencerai pas mais toi aussi tu ne m'obliges plus à parler avec cette mégère.

— Comme j'ai honte, elles sont parties plus vite que prévu.

— Pas du tout, elles ont démonté Donald jusqu'au troufion et elles sont parties une fois gavées.

— C'est mes copines et toi toujours tu dire des choses pour choquer.

— Ben j'y peux rien si son fils est pédé.

— Tu dire ça pour de vrai ?

— Mais réveille-toi maman, tu crois qu'il l'a eue comment sa place chez L'Oréal ?

— Qui c'est la vipère là ? Tu pareille que les autres.

— Il couche avec son patron.

— Tais-toi, tais-toi, ça me dégoûte, je veux pas savoir.

— Alors ça lui va bien à l'autre de donner des leçons de morale à deux balles.

— Tu croire qu'elle sait ?

— Évidemment qu'elle sait mais elle ne va jamais se l'avouer. Avec « ses sœurs », ça fait désordre un pédé dans la famille. Par contre, elle ne rechigne pas quand il lui paye son pèlerinage en vip.

— Ya wouli, wouli[1], que Dieu me préserve !

— Ben c'est rien hein, c'est comme s'il était souvent enrhumé et qu'il devait se mettre des suppos tous les soirs. Sauf que lui, il met toute la boîte en même temps.

Ma mère ne comprenait jamais totalement mes vannes quand elles étaient un peu trop en dessous de la ceinture. Elle feignait de s'en offusquer mais ne pouvait s'empêcher de se bidonner dès que je lui traduisais. Comme les enfants, pipi, caca ou prout suffisaient à lui déclencher un fou rire disproportionné, alors bite, chatte et couille, vous imaginez. Mais ce qu'elle redoutait par-dessus tout ma mère, c'était qu'on perce sa bulle. Elle voulait bien démystifier Oum Wassim, son fils le pédé et quelques copines, mais elle refoulait tout ce qui risquait d'ébranler sa foi.

1. Oh la la, la la.

Elle me disait toujours :

— Moi, tout ce que je veux c'est que, avec tes sœurs, vous être des bonnes musulmanes, heureuses et travailleuses.

— Inch'Allah.

— Et que vous faire bien votre prière et tout ça...

— J'ai pas le temps de la faire, maman.

— Toujours on a le temps ! C'est tout qu'est-ce qui me manque pour que je suis très heureuse.

— Un peu d'oseille aussi non ?

— Non, je vais bien, je mange bien, on a un toit, une famille bien sans histoires, on est des bons musulmans, hamdoulilah ya benti[1].

— Surtout ne pas percer sa bulle, ça pourrait être dramatique...

— Quoi ?

— Rien, maman...

— Pourquoi tu parles dans ta bouche ?

— Tout ce que je te demande, maman, c'est de t'occuper un peu plus de Najib et de Shéhérazade parce que ce n'est pas la prière qui va leur donner une situation. Tu les laisses faire tout ce qu'ils veulent et eux t'achètent à coups de prières et de versets coraniques dans leur Ipod entre Jenifer et David Guetta. Il n'y a que ton hadj qui compte ces temps-ci mais t'as encore deux morpions à élever.

— Je sais ma fille, je sais. Mais quand même faut pas dire ça, la prière c'est important.

1. Que Dieu te préserve, ma fille.

— C'est toi qui me disais tout le temps « Il y a autant d'hommes sur terre que de chemins qui mènent à Dieu ».

— Oui tout à fait, je dire ça tout le temps.

— Eh bien moi je trouve qu'on ne fait que prendre des sens interdits et griller des priorités…

On approchait de l'été à pas de nain. M. Ourghidour paradait dans sa saharienne beige, Kalsoum et moi continuions d'arroser la boîte verte, Najib cherchait encore à faire la misère à Rodriguo, Shéhérazade s'était mise en tête de devenir comédienne, Kelly continuait de se faire lyncher par des gueuses botoxées, et mes parents, eh bien, ils étaient toujours mes parents et ne semblaient pas s'en plaindre.

On s'activait pour liquider le solde du voyage mais une bonne moitié restait encore à combler. On cumulait une demi-dizaine de petits boulots à nous deux. Dans un moment de faiblesse, Kalsoum m'a survendu l'animation d'une fête d'anniversaire chez des milliardaires libanais en me promettant un parfait anonymat : nous devions interpréter les amis de Dora, l'exploratrice la plus insupportable de la terre – le nours et le noiseau.

Sur l'avenue George-Mandel, des bouquets de ballons colorés nous indiquaient l'entrée à emprunter. Nous avons été reçues par une bonne femme, une sorte de promoteur en bagatelle qui s'agitait comme une foldingue pour des raisons d'ordre rigolo : la *birthday planner*.

C'est tellement con que la langue française refuse de traduire. Une poufiasse de plus, qui avait flairé la détresse absolue de parents défaillants en période d'anniversaire, et à qui il revenait donc de tout mettre en œuvre pour camoufler l'insipidité totale des gens qui faisaient appel à elle. Et elle, elle faisait appel à nous. Et nous, on devait faire rire leur petite fille.

Mais avant que cette gamine lâche un sourire sincère, Mahmoud et Benyamin supporteront la même équipe de foot, leurs enfants se marieront entre eux et ils rendront aux Libanais la primeur de l'origine du houmous, seul véritable scandale dans la région. Noor avec deux *o* était la petite fille la plus sinistre du monde. On avait beau lever les mains en l'air, tournoyer sur nous-mêmes, éclater de rire en chœur, faire les foufous ou chanter à tue-tête, rien n'y faisait, Noor avec deux *o* refusait de signer le pacte d'amusement qu'on lui imposait. Elle préférait emmerder ses parents, qui offraient à leurs hôtes un étalage abusif de bonne humeur. Sauf que ce n'était pas de la bonne humeur, elle n'en avait que le tarif.

Alors que je me trémoussais dans mes babouches sur une mélodie de la jungle, je me suis tout à coup raidie comme une Niniche de Quiberon quand j'ai découvert que le super-singe super sympa de Dora était le seul à ne pas porter de masque. Il était noir et apparemment ça suffisait à en faire un singe dans l'agence de cette planiste d'événements et chez ces gens fortunés. Ça n'avait l'air de choquer personne et encore moins les enfants qui de toute façon parlaient déjà à leurs nounous philippines ou soudanaises comme à des animaux. J'étais médusée. J'ai essayé de prévenir Kalsoum entre deux chants de la forêt mais elle ne m'entendait pas, trop impliquée dans sa chorégraphie nullarde d'asimbonanga et lalala et lalala.

Quand le gâteau en forme de maison de poupée est arrivé, Noor avec deux *o* a choisi de bouffer les chiottes en premier. Des chiottes en massepain avec du caca en chocolat. C'était pour faire rire les mioches. Elle s'est exclamée :

— C'est pas bon le caca, vous êtes tous du caca !

Finalement, cette petite allait très bien.

Une fois payées, on a décampé de cette maison des illusions où tout était faux. Sauf les tableaux.

Dans la voiture, je repensais à cette petite Noor avec deux *o* et je me demandais naïvement pourquoi elle avait traité tout le monde sans exception de caca. Pourquoi même Dora échouait avec elle, alors qu'elle galvanisait tous les enfants industrialisés ? Les absences d'un père haut placé, les carences d'une mère ultra-occupée, l'abondance de jouets sophistiqués, ça ne pouvait pas justifier une telle animosité. Du caca, bordel de merde ! Voilà ce que ses parents, ses amis, Dora et les autres étaient à ses yeux. Jinjin, sa nounou diplômée de l'université de Manille, lui aurait-elle lu Cioran plutôt que *La Belle au bois dormant* ? Chacun sa merde après tout. Fairooz avec deux *o* avait eu sept ans elle aussi et pour un *caca* mal adressé, elle aurait reçu une baffe bien visée.

On a placé la moitié de notre royale paye dans une enveloppe verrouillée qu'on s'est empressées d'aller déposer chez M. Ourghidour. Une virée au marché nous tentait bien aussi, surtout que pour une fois il y avait des Converse avec des pointures vraisemblables. Mais je n'ai pas pris la bretelle de Saint-Ouen, je me suis engouffrée dans le périphérique extérieur, vers chez moi, vers chez M. Ourghidour, vers La Mecque.

En attendant qu'il termine avec d'autres clients, je me suis baladée dans son agence, j'ai contemplé l'exquise décoration faite de portraits de pèlerins et de calligraphie coranique. Je notais au passage qu'aucune femme n'avait de zébiba sur le visage et je trouvais cela très étrange. Les hommes avaient d'affreuses taches brunes sur le front et, à prières égales, les femmes n'en avaient pas. Peut-être étaient-elles plus délicates au moment de poser leur front sur le tapis de prière ? Peut-être que même voilées, elles ne souhaitaient pas être dénaturées ? Cette zébiba ne serait-elle pas finalement une rivalité purement masculine qui indique aux autres son degré de spiritualité ? En tout cas, chacun sa zébiba. Les hommes l'exhibent fièrement sur leur front, celle des femmes est moins visible mais tout aussi brune et c'est sur leurs genoux qu'elle apparaît au fil du temps à force de frotter et de lustrer.

En regagnant notre voiture, on est passées devant l'agence de voyage de M. Vorger. Il nous a offert un prospectus, juste pour le plaisir des yeux. Ça a marché : nos yeux ont eu du plaisir. Sacrément même. Phuket, c'est beau.

En rentrant chez nous, on a ramassé Shéhérazade à la gare qui revenait d'une audition à Paris.

Elle ne pensait plus qu'à ça depuis qu'elle avait été repérée dans la rue lors d'un casting sauvage. Mon père lui avait clairement donné son opinion sur cette nouvelle ambition :

— L'acteur, c'est pour les putes et les pédérastes.

Je n'aurais jamais imaginé que mon musulman de père puisse autant se rapprocher des catholiques de l'époque de Molière, qui excommuniaient les comédiens, les considérant indignes des sept sacrements, et qui les plaçaient au même rang que les prostituées.

Je rappelais à Shéhérazade qu'être actrice c'est un métier et que les « gueules », comme ils disent, ne durent qu'un temps, le temps qu'une autre gueule les balaye et les plonge dans une profonde déprime dépréciative. Je lui recommandais aussi de commencer par apprendre à parler correctement. Je n'en pouvais plus de tous ces Arabes qui débarquent à la télé sans savoir conjuguer le plus-que-parfait.

Quitte à commettre un crime d'honneur s'il le fallait, elle savait que je ne la laisserais pas s'aventurer à faire l'actrice et un peu la pute, il faut bien l'avouer. Je ne voulais pas qu'elle soit une belle gueule de plus au premier rang des défilés ou une djette en soirée parce que le téléphone n'a pas sonné, lamentable projet de vie qui semblait fasciner toutes les jeunes filles, ma petite sœur comprise. Shéhérazade ne connaissait ni Stanislavski ni Lavandier : ce qu'elle voulait par-dessus tout, c'était devenir une égérie et recevoir des habits gratuits.

D'une beauté renversante, elle capitalisait depuis toujours sur son physique, dont elle oubliait qu'il ne durerait pas. Un jour, un agent de mannequins, subjugué par sa bouche de geisha incandescente et parfaitement dessinée, lui a proposé un contrat fabuleux. Malheureusement, il a appelé à la maison et il est tombé sur mon père. Après avoir raccroché, il a non seulement changé de métier mais aussi de pays, de visage et de nom.

Depuis, elle rêvait secrètement qu'une grande marque de cosmétique la plébiscite pour représenter le nouveau rouge Lumière intense par exemple. Je lui ai raconté que les femmes des pharaons, quand elles avaient commencé à s'en recouvrir la bouche, ne pensaient pas seulement aux bienfaits hydratants du rouge à lèvres : elles voulaient signifier à ces messieurs qu'elles maîtrisaient l'art de la fellation. Pour une fervente supportrice des Ni putes, ni soumises, il y avait mieux au niveau de la cohérence féministe.

Elle me maudissait de toujours tout amplifier comme une réactionnaire en pente douce, mais la sentence restait la même : elle ne serait pas comédienne mais bachelière et universitaire. Elle me rappelait qu'on pouvait être les trois, je lui répliquais que deux me suffisaient. Et dans l'ordre que je choisirais. Je n'avais rien contre les mannequins, ni contre les comédiens, j'aimais le glamour mais le glamour racé, pas le trivial et l'ignare. Pas le transitoire fait de *it-girls* et de *bad boys*. De vernis écaillé et de tee-shirts troués. De fins de soirées arrosées et de narines congestionnées.

Même si elle m'énervait, je me devais de la protéger et j'avais décidé de m'aligner sur l'avis de mes parents. Quand elle est montée dans la voiture à la gare, je lui ai rappelé que ce serait son premier et dernier casting. Elle ferait ce qu'elle voudrait à sa majorité, même si elle était établie chez nous à vingt-cinq ans. Elle m'a dit qu'elle me détestait. Je lui ai répondu que je le savais. Elle m'a dit que c'était injuste. Je lui ai demandé ce qui était juste. Elle m'a dit « Je t'emmerde ». Je lui en ai collé une. Elle a hurlé et Kalsoum nous a séparées. De toute façon, ça faisait un moment que j'avais envie de lui exploser un tympan histoire qu'elle fasse un break avec son Ipod.

Kalsoum, Karim (que Dieu ait son âme) et moi avions reçu une éducation rigoureuse faite de *non*, de *pas* et de *jamais*, mais nos parents avaient renoncé à dresser les deux derniers. Najib et Shéhérazade voguaient sur le *oui*, le *d'accord* et le *tu voir avec Fairouz*. Moi, j'avais très tôt discerné les bienfaits du *non*, ce *non* arrogant qui m'a toujours mise dans tous mes états et qu'il ne tenait qu'à moi de transformer en *oui* docile. C'est avec philosophie que j'avais envisagé tous les interdits de mon enfance et de mon adolescence. Je savais que je ne pouvais compter que sur moi pour les transcender. Je ne supportais pas de me soumettre à l'autorité mais je ne pouvais m'empêcher de l'exercer.

Cette valse cafouilleuse entre les deux extrêmes me faisait mener un combat sans merci avec moi-même. Je n'avais qu'une issue :

devenir souveraine. Avec ses mots à lui, mon père justifiait ses méthodes totalitaires en jurant que c'était pour mon bien. Je le croyais en général mais parfois j'avais juste envie de lui dire « Mais putain papa comme tu fais chier putain de merde de ta race maudite ». De vive voix, cela m'aurait valu un aller sans retour dans le désert, entre Philippe de Dieuleveut et Daniel Balavoine, mais dans ma tête, j'avais tous les droits. Et je ne me privais pas. Méthodiquement, le *oui* se gagne et le *non* se père...

Shéhérazade braillait à l'arrière de la voiture, me promettait de se venger un jour. Elle croyait me fâcher mais c'était précisément ce que je désirais entendre : de la hargne mêlée à de la colère. Deux ingrédients indispensables pour faire un soufflé au fromage débordant et triomphant.

Elle a claqué la porte de la voiture et est allée se jeter dans les bras encombrés de ma mère, qui, étonnamment, rentrait du marché. Elle s'est plainte de ne plus entendre du côté gauche. Je l'ai tranquillisée : ce n'était ni son Ipod qui déclinait, ni son tympan qui défaillait, c'était juste Charlotte Gainsbourg qui chantait.

Ma mère a amorcé un début de dispute mais je n'en ai fait qu'une bouchée :

— Fais pas chier, maman !

J'avais plus de vingt-cinq ans, moi. Il y a des insultes qu'on ne commande pas. Il y a des moments qu'on ne choisit pas. Il y a aussi des réactions auxquelles on ne s'attend pas. Ma mère n'a pas bronché. Pourtant, elle dégainait vite en général. Mais ce jour-là, elle avait dû percevoir les raz-de-marée et ras le bol que je retenais depuis un moment. Ma petite sœur a casqué. Ça aurait pu être mon petit frère.

Lui aussi commençait sérieusement à me faner. Mais c'était plus de l'impatience qu'une véritable déception. Je savais de quoi il était capable. Il ne manquait plus qu'il le comprenne à son tour. La veille, il m'avait remis une petite enveloppe avec quelques euros pour le voyage des parents. Il les avait gagnés je ne sais pas trop comment. Je les ai déposés en faisant une petite prière pour purifier tout ça. Au fond de moi, je savais très bien d'où venait cet argent et je ne trouvais pas ça si terrible. Plutôt bien pensé même. On ne songe jamais à récompenser un vol bien conçu. On a tort.

Najib en avait conçu un sacrément bien ficelé, au point que j'imaginais le bon Dieu se marrer et l'acquitter dans la foulée. Avec quelques copains, il repérait la sortie de secours d'un immeuble de la cité, fracassait le signal lumineux au-dessus et la transformait en porte d'habitation ordinaire, avec une sonnette, un nom, une serrure et un paillasson. À l'intérieur, un petit tapis par terre et un portrait de famille sur le mur suffisaient à animer le couloir. Un petit sac poubelle était logiquement posé devant l'entrée.

En charentaises, bas de survêtement et marcel blanc, il était prêt à dépouiller les deux petits Blancs des beaux quartiers, même pas paniqués dans une cité, venus acheter de la ganja comme des grands qu'ils n'étaient pas. Julian, le guetteur-éclaireur, conduisait les garçons jusque chez

Najib, le dealer-menteur, réprimandé par Hussein, le paternel-collaborateur. Ding-dong.

— Qu'est-ce tu fous là Julian ?

— Salut Najib, t'as vu j'ai deux clients et t'as vu ils peuvent pas revenir un autre jour et t'as vu ils auraient besoin de ganja là, t'as vu.

— T'es con ou tu le fais exprès ? Y'a mon daron là. Tu vas renvoyer ces deux faces de cul d'où ils viennent et tu vas aller mourir après.

Il s'agissait alors de refermer la porte comme si le deal était foutu, sauf que Julian, avec son pied gauche (il en avait deux), empêchait Najib de la fermer complètement et implorait le dealer pas commode de leur fournir de l'herbe quand même. Là, Najib faisait le mec agacé qui fléchit et rouvrait la porte en les profanant du regard.

— Combien ?

— 1000.

C'est à ce moment-là qu'Hussein, le faux père dans le faux salon s'énervait et gueulait de loin :

— Najib, qui c'est que c'est à la porte, hakwaldik[1] ?

— Rien papa, c'est Julian.

— Julian salopard tu viendres et tu rentres pas dire bonjour de moi !

— J'arrive m'sieur Ouldassi, j'arrive.

Julian, ennuyé, leur expliquait alors qu'il était obligé d'aller saluer l'ancien. Il entrait dans l'appartement tout emprunté, bousculé par le méchant dealer qui faisait peur. D'un signe de la tête, il les faisait patienter. Exprès, il ne refermait pas totalement la porte et les

1. Ton père le maudit.

trois roublards se débinaient par l'arrière en pas chassés et en pas croisés. Les deux Blancs attendaient sagement. Puis fébrilement.

Voilà de quelle manière mon petit frère a contribué au voyage sacré de nos parents. Il suffit de s'arranger avec nos multiples réalités. Dans l'au-delà, un bon avocat pourra absoudre Najib sans trop de tracas.

Le métro est resté immobilisé pendant plus d'une demi-heure à cause d'un homme qui n'en pouvait plus de vivre. Il avait décidé d'en finir entre Châtelet et Nation. Pas de pot pour moi. Juste le jour où mon père avait emprunté ma voiture puisque la sienne avait elle aussi succombé à un défaut de fabrication interne entre l'A4 et l'A86. Il était allé à une veillée funèbre à Nantes. Le mari de la cousine de la tante de mon père était mort. Ou l'inverse.

Je m'impatientais sur mon strapontin entre le dos de Kelly et le gros cul d'une Black. De toute façon, mes parents prenaient toujours ma misérable voiture quand ils allaient à des réunions de famille. Ils craignaient le mauvais œil et préféraient faire pitié qu'envie. Je trouvais ça pathétique, surtout qu'on retrouvait cette mentalité de merde dans toutes les strates de notre éducation. Comme s'il n'y avait pas un juste milieu à trouver entre l'ostentation et la discrétion. Faire pitié, ça marche pour accéder au paradis, pas pour entrer à Sciences-Po. Même si ce jour-là précisément c'était justifié, je me retrouvais souvent, à cause de superstitions débiles, dans une rame de métro bondée, moi qui déteste les gens en général.

Comment peut-on croire que le regard malsain d'une mauvaise personne puisse nous atteindre et pourrir notre destin ? À quoi Dieu sert-il alors ? Comme si une voiture poubelle, l'œil d'Oudjat[1] autour du cou et le chiffre cinq répété cinq fois dans la tête pouvaient quelque chose contre la jalousie de certains. Les amulettes, c'est pour les flemmards fantasques. Le meilleur moyen de ne pas être ébranlé par la jalousie d'autrui, c'est encore de ne pas fréquenter autrui. Il aura beau traquer mon regard, il ne croisera que ma nuque. Et un méchant crochet au passage pour qu'il regarde à gauche quand je passe à droite.

C'était plus fort qu'eux : quand ils allaient chez des amis ou dans la famille, mes parents se la jouaient très sobres, limite mats. Ma mère portait les mêmes habits qu'à la dernière saddaka et prenait soin de retirer quelques bracelets trop visibles afin d'esquiver l'attention pesante de quelques rombières d'Essaouira, connues pour être de vilaines sorcières selon elle. J'avais déjà participé à une veillée de ce genre et je m'étais promis de ne plus jamais y assister, peu importe qui mourait.

Mon frère aîné Karim avait succombé à une leucémie et mes parents ravagés avaient laissé aux voisins le soin de tout organiser. Dans le salon les hommes psalmodiaient. Dans notre chambre transformée pour l'occasion, les

1. Symbole protecteur égyptien représentant l'œil du dieu Horus.

femmes pleuraient. Je ne doutais pas de l'authenticité de certaines larmes mais je ne voyais pas comment des cousines éloignées de tantes par alliance pouvaient à ce point être éplorées sans jamais avoir rencontré Karim. Car elles ne sanglotaient pas tièdement, elles braillaient puissamment. On les appelait les pleureuses avec ma sœur et c'est apparemment pour cette raison que les femmes n'ont pas le droit d'assister à un enterrement. Elles sont trop fragiles les femmes, elles risqueraient de s'effondrer. À cause de ces chialeuses, j'ai dû me conformer à la tradition et rester à la maison avec elles. De toute façon, ce jour-là ma peine était telle que je ne pouvais pas marcher.

En revanche, ma voix fonctionnait bien et j'ai aboyé sur ces inconnues qui souillaient le grand voyage de mon frère bien aimé, je les ai implorées de se taire, par pitié, de cesser leur comédie, par pitié, de nous laisser prier, par pitié. Certaines ont été scandalisées, d'autres interloquées. Mais au moins il y a eu du silence et leurs larmes ont brusquement séché. Après la période de deuil, on m'attribuait des noms d'oiseau dans le quartier. J'ai choisi d'être un pigeon pour leur chier dessus tous les jours.

Ces pleureuses professionnelles perpétuaient la légende selon laquelle les femmes sont plus délicates que les hommes et que c'est pour cela qu'on les bannit de différentes aventures humaines. Zénobie, reine de Palmyre, n'hésita pas à assassiner son roi de mari Odeinat pour s'asseoir à sa place sur le grand fauteuil doré. Margaret Thatcher, Anna Wintour ou Denise Rich n'ont fait preuve d'aucune délicatesse lorsqu'elles ont eu à prendre des décisions essentielles. En revêtant le pantalon des hommes, elles leur ont confisqué leur paire de couilles avec. Encombrantes couilles qui ont biaisé les rébellions des femmes et ont restreint leurs révolutions à juste un peu plus d'exposition.

Je respectais les traditions tant qu'elles me respectaient. J'appréciais même de m'y soumettre du moment que je pouvais continuer de fixer l'horizon. Plus qu'indisciplinée, j'étais algébrique. Je ne voyais pas pourquoi il fallait discourir des plombes sur les femmes et les hommes. On est moitié-moitié, on joue moitié-moitié, on croque moitié-moitié. Dans les religions, les femmes trimballent de vraies casseroles, comme si Dieu nous en voulait personnellement d'un truc. Mais la pomme et la petite sauterie qui a suivi, ça va un moment. Depuis, Disney a réalisé plein de chefs-d'œuvre qui renvoient cette histoire au rang de navet.

Qu'a-t-on fait que les hommes n'ont pas fait, à part les reproduire en grande quantité ? Quel genre de mères avons-nous été pour les avoir si mal élevés ? Les femmes ont ce pouvoir immense d'éduquer leur fils pour qu'ils se comportent comme elles auraient aimé que leurs maris se comportent avec elles. Mais au lieu d'en profiter, elles continuent de les habiller en bleu, de leur acheter des robots et surtout de leur reprocher de couiner comme leurs sœurs. Les mères sont responsables de la moitié des baffes que prennent leurs filles une fois mariées. Un bon apprentissage de la boxe thaï vaut bien un stage de danse acrobatique.

Une bonne initiation à la vaisselle vaut bien un entraînement de rugby. Réjouissons-nous de ce que nous sommes plutôt que d'en tirer une quelconque fierté.

Je n'étais pas fière d'être musulmane mais plutôt musulmane et fière en général. Pratiquement pratiquante et quasiment obéissante. Mais je trouvais qu'on manquait sévèrement de poilade dans ma religion. Il y a longtemps, certains avaient tenté d'initier leurs fidèles à travers des réjouissances comme la danse, le chant et le rire mais des têtes de nœud frustrées et mal dans leur peau n'avaient pas perdu de temps pour casser l'ambiance et réintégrer la prière en faisant la gueule en matière principale avec option flagellation en guise de gymnastique.

Il faut avoir l'air grave quand on prie et faire la tronche quand on prêche sinon ça ne fait pas sérieux. Et la religion, c'est sérieux ! Entre les carmélites, les voilées volontaires et les orthodoxes loubavitchs, Dieu a intérêt à avoir un grand sens de l'humour et une notion très subjective de la beauté. Personne ne sait pourquoi les religieux font toujours la gueule. Dieu a pardonné non ? Il est amour, Il est miséricordieux, Il est bon et compatissant. Il y a de quoi se réjouir tout de même. Pourquoi L'envisager en fronçant les sourcils plutôt qu'en détendant nos zygomatiques ?

Lorsque j'étais petite, mes parents nous obligeaient à suivre les enseignements de l'honorable M. Abdelkader Al-Islam, anciennement

Didier Parmentier, converti à l'islam après que ses vacances au Club Med de Karachi avaient été écourtées à cause d'un raid américain mal ciblé. Il faisait le tour des banlieues déguisé en Arabe de souche et il saluait ses élèves avec une main sur le cœur. Ayant appris l'arabe, il ne s'adressait aux gens que dans cette langue. Comme tous les convertis, il se sentait obligé de rattraper le temps impur où il n'avait été qu'un Français vaguement chrétien. Il en faisait dix fois plus que les très chanceux musulmans de naissance. Il reniait tout ce qui l'avait constitué jusqu'à présent. Ses voyages dans les montagnes du Cashmere faisaient de lui une sorte d'élu et il en jouait pour étoffer sa légende qui s'était quand même fabriquée sur un gros malentendu.

Ce qui me répugnait le plus chez lui, c'était ses sandales ouvertes et ses chaussettes avec des compartiments pour les orteils. À part les Bretons, personne ne porte ce genre de chaussettes. Déjà qu'on récupérait souvent de gros nazes dans notre religion, on n'allait pas en plus se fagoter comme des péquenauds. J'ai expliqué à mes parents que ces cours supplémentaires le samedi matin m'empêchaient de soigner mes devoirs d'école. Ils ont accepté que je n'y aille plus à condition que mes résultats soient encore meilleurs. Ils l'ont été. J'ai gagné sur tous les plans.

Mes copains et copines du quartier se vantaient toujours d'être arabes ou musulmans mais ils ne savaient pas trop pourquoi. Plus jeune, je m'étais surprise à la ramener pour rien sur mes origines, à dire que c'était trop de la balle d'être arabe et que seuls les musulmans iraient au paradis. Et puis Barbara m'a posé une question simple :

— Pourquoi ?

— Pourquoi quoi ?

— Pourquoi t'es fière d'être arabe ?

La tuile. Je ne savais pas pourquoi j'étais si fière d'être arabe, je répétais seulement ce que j'entendais mais je n'avais aucune raison concrète de m'en vanter autant. Je me suis sentie bien conne tout à coup et je me suis juré en rentrant ce jour-là de potasser ma propre histoire pour être enfin en accord avec ma grande gueule.

J'ai appris avec délice qu'Avicenne était à l'origine de l'anesthésie, Ibn Firnas du parachute, Al-Zahrawi du scalpel, qu'Ibn Hazm avait découvert que la terre tournait autour du soleil bien avant Copernic, qu'Ibn Al-Haytham avait imaginé l'appareil photo, Ibn Nafi la diététique et le sultan d'Égypte le stylo à bille. Enfin des noms arabes liés ni de près ni de loin à des faits divers foireux !

J'essayais de placer mes nouvelles informations en cours de physique ou d'histoire mais les professeurs se bornaient à rappeler que les Arabes étaient les prodigieux inventeurs du zéro. Je trouvais qu'il y avait mieux comme invention. Si on sortait ça de son contexte, on pourrait presque se foutre une fois de plus de notre gueule. Pour sûr, on avait bien intégré le zéro. En long, en large, en travers et de face, des zéros partout, comme s'il en pleuvait.

Le conflit israélo-palestinien suscitait aussi un déchaînement démesuré lorsqu'on l'abordait en cours. Des insultes fusaient dans tous les sens, des arguments de merde s'entrechoquaient en faisant boumbadaboum. Ça finissait toujours par des « sale race de merde de voleurs de maisons » et par des « bande de bras cassés, on transforme le sable en herbe nous au moins ». Mon père m'avait clairement interdit d'intervenir dans ce genre d'échanges musclés, non par lâcheté, mais pour préserver toutes mes chances d'être dans les meilleures classes.

Les disputes se poursuivaient dans la cour de récré jusqu'à ce qu'un ballon vienne tout arranger. Je disais quand même à Mehdi, le chef de bande des petits rebeus, que ses « frères palestiniens » comme il les appelait auraient plus besoin d'un Mehdi avocat à l'avenir que d'un Mehdi tourneur-fraiseur. Des frères, ils en avaient déjà plein les Palestiniens, c'était d'ailleurs leur seule chance de s'en sortir d'en avoir autant.

Aaron, comme tous les sépharades, rêvait en douce d'être ashkénaze. Il la ramenait cent fois plus qu'Esther, arrière-petite-fille de déportés qui comme moi ne l'ouvrait jamais lorsque le conflit israélo-arabe s'immisçait dans notre salle de classe. Un peu comme Abdelkader Didier Parmentier Al-Islam, Aaron s'appropriait une souffrance qui appartenait à tout le monde. Avec ses copains chalala, ils faisaient plus de boucan que six millions de condamnés à mort. Il jurait qu'après son bac il irait faire son aliyah[1] ainsi que son service militaire.

1. Immigration en Israël.

Je l'ai retrouvé un jour rue des Rosiers moulé dans un tee-shirt noir à siffler les passants pour leur vendre le meilleur kebab israélien de Paris « toujours imité, jamais égalé ». Le soir, avec ses potes du Betar, il faisait des rondes dans des territoires ennemis entre Belleville et la Goutte d'or. C'était couillu. Mais ça restait très en dessous de Khan Younès et de Jénine. Sa Terre promise tiendrait ses promesses et Aaron le savait bien. Il n'était pas totalement idiot et préférait protéger son petit cul dans le quatrième plutôt que de rejoindre la véritable quatrième dimension.

Pendant ce temps, Mehdi, au lieu d'étudier sa table de six, rôdait dans les rues de Ramallah, plus accueillantes que celles de Paris. Créteil-Paris, ça coûtait sept euros. Créteil-Ramallah, ça ne coûtait rien, c'était en boucle sur la une, la deux, la trois, la quatre, la cinq, la six et Al Jazeera depuis peu.

J'ai récupéré Kalsoum et Kelly à la porte des Lilas pour rentrer chez nous. Kelly avait sympathisé avec un maquilleur professionnel et avait enquillé ma sœur pour un stage rémunéré. Kalsoum n'en revenait pas, elle qui dégommait systématiquement ce milieu et tous les gens qui s'y rattachaient.

Je les ai repérées au feu rouge. J'étais heureuse de voir Kalsoum arborer un large sourire algérien.

Kelly s'est assise devant, Kalsoum à l'arrière, et elle a jacté en apnée pendant au moins une demi-heure tellement c'était cool, tellement c'était trop bien, tellement c'était trop de la balle.

— Avec un vocabulaire pareil, t'as bien fait de choisir le maquillage comme métier.

— Mais non franchement Fairouz, c'était juste trop kiffant !

— Mais arrête de parler comme une pouilleuse !

— T'es chiante à la fin, tu peux pas te réjouir pour moi un peu ?

— Je me réjouissais de voir ta tronche enjouée et enthousiaste de loin mais quand j'entends comment tu t'exprimes pour me raconter ta première journée, je suis consternée.

— Oh Molière, qu'est-ce qui t'arrive là ?

— Il m'arrive que tu vas être amenée à rencontrer des gens d'un autre milieu social et que c'est pas en parlant comme Fadela Amara que tu vas te distinguer des autres, bien au contraire. Ne parle pas comme ils attendent que tu t'exprimes, parle en français, un point c'est tout.

— Kiffant c'est rentré dans le dico !

— Vraiment pas de quoi se réjouir, ils font aussi des conneries à l'Académie française.

— T'es une rabat-joie, voilà ce que t'es !

— Ils vont trouver ta manière de parler très divertissante, hyper-rafraîchissante, limite métaphorique mais toi tu resteras la petite Arabe qui a un vocabulaire coloré et pour te faire honneur, ces connasses utiliseront parfois tes mots en riant entre elles. T'es pas là-bas pour les faire rire, t'es là-bas pour être la meilleure maquilleuse.

— Je crois que t'es vraiment malade et je vais te sortir un mot un peu compliqué Fairouz : t'es paranoïaque ma fille.

— Si tu mets paranoïaque dans la liste des mots compliqués, t'as qu'à mettre Abdelmalik comme philosophe contemporain et là je pense qu'on touche le fond avant d'arriver à la maison.

— Tu me saoules, lâche-moi.

— Avec un peu de chance, tu dis aussi que t'habites sur Mantes-la-Jolie et que tu montes sur Paris ?

— Ben quoi ?

— Ben c'est faux, c'est moche, c'est atroce, c'est irritant, c'est gonflant, c'est crispant, c'est incorrect, ce n'est pas français !

— Mais quoi ?

— D'habiter sur Nantes ou de descendre sur Marseille !

— Mais si, ça se dit !

— Mais non ça ne se dit pas ! Ça ne s'est jamais dit, tous les gens qui parlent comme ça sont des ignorants, on habite à Nantes et on descend les escaliers, pas sur Marseille !

— Hier oullah au journal la meuf elle a dit qu'il y avait eu un début d'incendie sur Perpignan.

— Ma pauvre fille, ça fait longtemps que les journaux à la télé ne sont plus présentés par des journalistes mais par des animatrices.

— Peu importe, tu plombes toujours la bonne humeur des gens avec tes mercuriales.

— Hein ?

Kalsoum avait profité de l'accès internet de l'Iphone de Kelly pour rechercher un synonyme d'engueulade. On a éclaté de rire et c'est à ce moment-là que j'ai senti dans ma culotte comme une petite sensation chaude et humide. Ce n'était pas la petite souris mais mes maudites règles en avance.

— Tu savais pas qu'elles arrivaient aujourd'hui ? a demandé Kelly.

— Ben non, ça change tout le temps en ce moment. T'as une serviette Kalsoum ?

— Non.

— Et toi Kelly ?

— Oui j'ai des tampons mais tu vas pas le mettre devant nous sale crasseuse !

— Non mais c'est bon, je vais attendre la maison.

— Ça va je rigole, ça me dérange pas que tu te touches devant moi, je fermerai les yeux.

— Paraît que t'es plus vierge si t'en mets.

— Mais arrête de dire des conneries Kalsoum, c'est pas pour ça que j'en mets pas moi, c'est juste une habitude, je préfère attendre qu'on arrive.

— Vous êtes sérieuses là, les sœurs Ingalls ?

— J'te jure y'a même une meuf en faisant du vélo elle a perdu sa virginité.

— Mais Kalsoum arrête avec tes légendes à la con, je suis simplement plus habituée aux serviettes c'est tout. Et toi Kelly arrête de faire comme si on était deux arriérées, ça fait très « meuf qui bosse dans la mode » ta réaction.

— C'est juste dégueulasse les serviettes, le sang il se colle, après ça pue, c'est immonde.

— Tu sais on se lave le cul à l'eau nous dans la journée.

— Ouais on fait pas qu'étaler la merde nous, on la nettoie, a renchéri Kalsoum.

— Ok les sœurs Ben Laden mais là je ne vous parle que d'hygiène et de confort, le sang qui coagule et qui sèche sur la serviette, ça pue vraiment.

— Ça sent que dalle !

— J'y crois pas, tu ne mets pas de tampons parce que t'es vierge. Toi, Fairouz ? Alors là, j'aurais jamais cru...

— Je préfère pas c'est tout...

— Mais t'es débile, un tampon c'est pas une bite. Même les plus petites sont plus grandes.

— Oh mais lâche-moi à la fin, bouche-toi le nez et ferme ta gueule !

Je n'aurais pas pu dire pourquoi je ne portais jamais de tampons. Avant tout, je trouvais qu'avoir ses règles ce n'était pas réglo et que cette punition constitue un coup bas de plus de la nature envers les femmes. Du sang qui coule sans prévenir et des douleurs dans le ventre plusieurs jours par mois, ça a beau nous permettre de procréer, je choisissais la stérilité sans hésiter. Et je trouvais encore plus injuste qu'il faille gérer une épaisse serviette hygiénique qui se retourne dans la culotte au moindre mouvement et qui se colle aux poils pubiens dès qu'on se lève.

Malgré tout, je n'arrivais pas à me raisonner : je continuais à porter d'épaisses couches hygiéniques ultra-absorbantes plutôt que de petits tampons tellement mignons. C'est vrai que dans la pub à la télé, la fille qui portait des tampons semblait tellement plus aérienne que la fille qui portait des serviettes. Au lieu de marcher, elle sautillait. Au lieu de faire la gueule, elle souriait à la vie. Au lieu de baiser, elle se faisait enculer.

Pourtant, le vélo et le cheval trottaient dans ma tête depuis toute petite, alors il valait mieux ne pas prendre de risque et rester la fille pataude et vierge que j'étais.

— Allô ?

— Oui ma fille, seuteuplaît t'achètes juste des feuilles de brick à Carrefour et un peu du lait semi-écrémé.

— Mais maman, pourquoi tu ne demandes pas à Najib ou à Shéhérazade d'y aller ? Nous on doit déjà passer à l'agence.

— Je sais ma fille mais je sais pas où ils sont. Seuteuplaît benti.

— D'accord...

Les feuilles de brick et les deux bouteilles de lait se sont transformées en une interminable liste de choses à acheter. Des cubes de levure, du lait caillé, des cuisses de poulet, des yaourts 100 % fruits (je me demandais toujours où se trouvait le yaourt dans ce cas-là), des bananes, des œufs, de la viande hachée à 5 % de matière grasse, du cake marbré, du gel douche et le programme de la télévision.

Moi qui faisais régulièrement des crises de gens, j'évitais tous les endroits où il y avait des queues à faire. Au supermarché, c'était inévitable, même la moins de dix articles était assaillie par des consommateurs light qui avaient du mal à lâcher les billets orange et préféraient les répartir en plusieurs billets roses trois fois par semaine.

Enfin délivrée de la queue, j'ai disposé mes articles sur le tapis roulant en priant pour que ça ne dépasse pas quarante euros.

— Bonsoir Madame.

— Bonsoir. Vous avez la carte Boum-Boum ?

— Non.

— Et la carte Kiwi ?

— Non plus.

— Bon ben ça vous fera trente-trois euros et vingt centimes s'il vous plaît.

— Voilà, tenez.

— Ah mais on ne prend pas les cartes à c'te caisse.

— Pardon ?

— On ne prend pas les cartes à c'te caisse. C'est écrit au-dessus. Vous avez des espèces ?

— Non j'en n'ai pas mais vous m'avez bien parlé de cartes Kiwi et Badaboum ?

— Boum-Boum. Si vous en possédez une, vous avez une réduction immédiate en caisse mais qui ne s'applique qu'aux espèces.

— Mais euh je... enfin toutes les caisses sont bondées et je viens de faire la queue et...

— Désolée, je ne peux pas vous encaisser, il faut aller à une autre caisse.

Ça commençait à rouspéter derrière moi, je suis donc allée à une autre caisse. J'ai vérifié au-dessus, en dessous à gauche puis à droite que celle-ci n'était pas réservée aux unijambistes albinos qui payent par chèques postaux uniquement. Non. Je m'y suis engouffrée en maudissant ma mère et mes bons à rien de frère et sœur. Dans ma culotte, c'était Dexter, heureusement je portais un jean noir.

— Bonsoir Madame.

— Bonsoir, ça vous fera trente-quatre euros.

— Pardon ?

— Trente-quatre euros tout rond.

— Mais euh, excusez-moi mais j'ai fait la queue à l'autre caisse et le total faisait trente-trois euros et vingt centimes.

— Ah.

— Oui ah.

Et je n'ai rien ajouté.

— Ben qu'est-ce qu'on fait ? a demandé la caissière.

— C'est à vous de me le dire.

— Ben…

— Ben vous cherchez qui s'est trompée de vous deux et d'où vient la différence !

— Oui mais là, c'est vraiment l'heure critique et je dois absolument désengranger les files d'attente.

— Je suis bien d'accord avec vous et plus vite nous aurons trouvé d'où vient l'erreur, plus vite les files seront désengorgées.

Un couple de trentenaires apparemment très à l'aise financièrement et très pressés par le temps (ça va de pair) geignait derrière moi. Plusieurs bouteilles d'alcool dans le caddie : ils devaient se préparer à partir en week-end dans une maison de campagne d'amis d'amis d'amis. La petite Arabe qui bataillait pour quatre-vingts centimes, ça commençait à les gonfler.

Très dégourdie, la caissière a finalement appelé sa collègue pour comparer les deux factures. Maintenant que j'étais inondée, plus rien ne me ferait renoncer à mes centimes. Par principe. Et pour faire chier. Mais surtout par principe. Parce que retarder des cons dans leur super week-end normand, c'était aussi un principe chez moi.

— Tu viens d'annuler une facture de trente-trois euros et vingt centimes à la dame là.

— Ouais.

— Et chez moi, ça fait trente-quatre euros.

— Ah.

— Et ?

— Ben…

— Ah mais si, c'est là, t'as compté les gels douche à trois euros et vingt centimes au lieu de quatre euros.

— Ah oui je me suis trompée, désolée.

— Ça fera bien trente-quatre euros, Madame.

Tout le monde semblait soulagé sauf moi. Leur explication boiteuse ne me satisfaisait pas. Pourquoi l'une avait compté trois euros et vingt centimes là où l'autre comptait quatre euros tout rond ? Ça venait en fait d'un article en promotion, de ceux qui vous charment près des caisses et vous font un petit clin d'œil comme pour dire « tu serais bien con de ne pas profiter de moi ». Alors vous piochez mécaniquement dedans et repartez plus malin que vous n'êtes arrivé, avec du gel douche cancérigène ou des biscuits à l'huile de palme. Ce soir-là, j'étais ce con-là.

— Pardonnez-moi mais les gels douche sont bien en promotion, c'est écrit juste là.

— Non ce sont les biscuits qui sont en promo, pas les gels douche.

— Mais je ne suis pas folle, ce grand panneau fluo orange qui hurle « action », il concerne bien le gel douche.

— Non les biscuits.

— Pourtant il est collé sur les gels douche.

— Oui mais il s'agit bien des biscuits. Vous pouvez reposer le gel douche si ça ne vous convient pas.

— Le gel douche me convient, il rend la peau satinée en plus celui-là. Ce qui ne me convient pas en revanche c'est l'enculade dont je suis victime.

— Restez polie, enfin !

— Et vous honnête, s'il vous plaît. Je tiens à mon gel douche mais au prix qui est indiqué dessus !

— Je suis d'accord que ça peut prêter à confusion mais je n'y peux rien.

— Ça ne prête pas à confusion, c'est une entourloupe bien ficelée par le supermarché. Pour ne pas prêter à confusion, vous auriez dû mettre les biscuits en bas et non en haut. Le client lambda, moi donc, est attiré par le fluo et que vois-je sous le panneau en forme d'étoile ? Du gel douche. Et qu'y lis-je ? Trois euros et vingt centimes ! Donc je prends le gel douche en pensant faire une bonne affaire et bam je me fais avoir parce que ce sont les biscuits qui sont en action, pas le gel douche. Ensuite il y a toujours des crétins pour gueuler dans la file et comme tout le monde a envie de rentrer chez soi ou d'aller en week-end en Normandie, eh bien le client lambda, toujours moi, il garde le gel douche, trop embarrassé par l'embouteillage qu'il crée et tout le monde est content, spécialement le groupe Carrefour qui vient de me baiser de quatre-vingts centimes. Je ne le repose pas, je le garde mais à trois euros et vingt centimes, appelez le directeur si vous voulez, je ne pars pas sans mon gel douche !

Je suis partie avec mes courses et mon ticket à trente-trois euros et vingt centimes. J'avais les boules. J'étais lessivée. J'avais la gerbe. J'étais exténuée. J'avais du gel douche. J'étais trempée. Ça puait. Kelly avait raison.

Pour rejoindre la voiture, je suis passée devant un groupe de petits branleurs qui zonaient en buvant des canettes de bière. Ils m'ont sifflée. J'ai tracé. Alors ils m'ont insultée.

— Oh Fatima, fais pas ta bourgeoise, dis bonjour.

— Allez ramène ton boule, j'vais t'décoller les escalopes.

— Ouais, viens j'vais t'faire le cul en étoile de shérif.

Quoique épouvantée par ce que je venais d'entendre, je suis parvenue à réaliser qu'aller à l'affrontement, par principe ou juste pour faire chier, c'était risqué. Mais je ne me résolvais pas à abdiquer devant ces racailles.

J'ai feint de retourner à ma voiture tandis que j'appelais discrètement mon petit frère Najib avec deux de ses copains en utilisant le code rouge *Viens danger niveau 5*. On avait gardé ce code depuis tout petits quand on jouait aux terroristes et aux otages et qu'on appelait les services secrets américains pour être délivrés en direct et passer au journal télé.

Mon frère et ses deux potes ont pris moins de temps que le Samu pour arriver sur le parking du supermarché. En moins d'une minute, les trois blaireaux discourtois se sont retrouvés dans le coffre de la voiture d'Hussein.

Avec Kelly et Kalsoum, qui m'avaient attendue dans la mienne, nous sommes rentrées chez nous en faisant confiance, lorsqu'il s'agissait de vengeance et d'honneur, à nos frères bien aimés.

Le lendemain, Najib me racontait comment il avait aspergé de Perrier les trois poltrons complètement nus cordés aux arbres pendant qu'ils juraient que plus jamais... D'après Najib, les bulles de Perrier et le froid de la nuit allaient les tuer à petit feu. Pire que du poil à gratter, la démangeaison serait telle qu'ils deviendraient fous avant l'aube.

Après l'aube, ils sont allés les détacher. Ils se sont grattés au sang. Ils ont demandé pardon.

Je ne leur ai pas pardonné.

Le lendemain, je recevais un coup de fil de M. Ourghidour s'inquiétant de moins nous voir, ma sœur et moi.

Il a évidemment commencé par s'enquérir de ma famille et de moi-même mais la finalité c'était bel et bien le règlement du voyage à La Mecque qui s'éternisait. Je lui ai poliment rappelé qu'il ne parlait pas à Zahia mais à moi et que contrairement à un tapin je ne chiais pas des billets verts. C'est vrai, j'étais un peu sur les nerfs ces derniers temps.

Et ça ne s'est pas arrangé quand, alors que je raccrochais au nez de M. Ourghidour, un policier m'a arrêtée et demandé de bien vouloir m'acheminer sur le bas-côté afin de procéder à la notification des diverses infractions auxquelles je m'étais livrée en l'espace de quelques mètres ainsi que pour m'expliquer que la mise en danger d'autrui pour cause de conversation téléphonique au volant de mon véhicule s'apparentait à une obstruction majeure de la sécurité routière et que cela pouvait engendrer une confiscation non définitive de mon automobile (un policier ne répète jamais le même mot dans une phrase) sous réserve de présentation immédiate et complète des différents documents afférents à la voiture. Respiration. En gros et en simple, j'avais une amende parce que je parlais au téléphone et que je n'avais pas collé le A à l'arrière de ma carriole (tous les synonymes de voiture ont déjà été utilisés par le policier).

De peur qu'on les prenne pour des abrutis, les fonctionnaires de l'ordre public parsèment leurs phrases de verbes solennels mais inappropriés et de mots de liaison chic mais abusifs. Ils ajoutent des mots, des verbes et des suffixes et gonflent la note avec des broutilles.

Le A d'apprenti devait rester visible pendant une durée exhaustive et non réductible de trois ans, moyen malhonnête de remplir les caisses de l'État honnêtement.

J'avais envie de tout faire péter, comme quand on a fait la queue pendant plus d'une heure dans un bureau administratif et qu'il nous manque le document rose. Ou quand on fait la queue plus de mille heures chez France Télécom et qu'un conseiller spécial clientèle vous répond le plus sérieusement du monde qu'il ne peut rien pour vous, qu'il faut appeler un numéro improbable ou aller chez votre opérateur internet. Vous allez chez votre opérateur internet, vous expliquez à un conseiller spécial clientèle analogue que votre téléphone ne fonctionne plus et il vous conseille la même chose mais dans l'autre sens. Entre « La roue de la fortune » et le film du soir, vous appelez de votre portable ce fameux numéro censé réparer votre ligne fixe. Vous tombez sur un Indien de Calcutta qui a passé six mois à gommer son accent pour prendre celui d'un Vosgien ou d'un

Franc-Comtois et qui est formé pour se faire insulter ou le cas échéant trouver une véritable solution à votre problème téléphonique. Après une dizaine de minutes de parlote vaine, vous raccrochez, ne dormez pas de la nuit et allez tout faire péter le lendemain dans l'agence la plus proche. Une ceinture d'explosif autour de la taille, le téléphone défectueux dans une main, le Code de commerce dans l'autre et boum.

Voilà ce qui me traversait la tête pendant que j'attendais l'officier qui achevait de remplir ma contravention. M. Ourghidour pouvait se toucher encore un moment, mes parents n'étaient pas près de décoller.

J'ai récupéré les papiers afférents à la conduite de mon véhicule et je suis rentrée chez moi. J'avais oublié que c'était l'anniversaire de Kelly et que ma mère lui avait préparé un couscous. Tout le monde était réuni autour de la table. Viviane, la mère de Kelly, Julian, Kalsoum, Shéhérazade, Najib et ma mère attendaient Kelly dans le noir pour lui faire la surprise. Je me suis vite jointe à eux car elle était apparemment en train d'arriver.

— Surprise !

Cette petite fête me réjouissait. J'évacuais pour un temps mes pensées tordues et tourmentées. Autour de la table, ça jacassait dans tous les sens, ça vannait même sur le physique, ça taillait les clips à la télé et on riait de bon cœur. Kelly, Kalsoum et moi faisions bloc contre le reste du monde.

Viviane a demandé à mon petit frère où il travaillait depuis son licenciement de chez Darty.

— Ben là rien mais j'ai un plan normalement.

Ça m'a exaspérée :

— Oh mais arrête Najib, vous êtes toujours pleins de plans là, des plans, des plans, toujours des plans !

— Les renois et les rebeus, on est les rois des plans et bizarrement les rois du chômage.

— Bien dit Kalsoum !

— Vous verrez bien bande de bouffonnes, on a un vrai plan cette fois.

C'était vrai, mon frère et Julian avaient un plan. Du moins une idée. Ils étaient en train de la rédiger et participaient à un concours lancé sur le net pour promouvoir les idées des jeunes plutôt que leurs crétineries. Je l'ai questionné pour en savoir plus sur cette fabuleuse idée et il m'a lâché :

— De la bouffe pour chat.

— Quoi ?

— De la bouffe pour chat à base de souris.

— Hein ?

— Ben ouais c'est toujours du bœuf ou du saumon dans leurs croquettes mais qu'est-ce qu'ils préfèrent le plus les chats ? Les souris.

— Ce n'est pas plus bête qu'autre chose mais toutes les ligues de protection des animaux vont vous tomber dessus s'il faut tuer des souris en masse.

— T'as déjà vu des gens quand ils trouvent une souris chez eux ? Ils essayent pas de la niquer ? Les hommes, les chats, tout le monde tue les souris alors autant les foutre direct dans leur bouffe. C'est des hypocrites tous.

— Et à qui vous voulez proposer votre projet ?

— Sheba.

Tous les jeunes ont éclaté de rire. Ma mère pensait qu'on se moquait de son fils alors qu'elle l'encourageait de toute son âme à chaque nouveau plan. J'ai essayé de lui expliquer la vanne de Najib, rapport à la marque de pâté et à *j'sais pas*. Hermétique à notre humour trop occidental et trop référencé, elle a continué de répéter que cette idée était géniale et qu'il suffisait d'observer la rencontre entre un chat et une souris puis celle entre un chat et un saumon pour comprendre leurs préférences gustatives. Je lui ai fait remarquer au passage que la probabilité qu'un chat et un saumon se rencontrent un jour était fine. Et que son fils, même si elle priait pour ça tous les jours, n'avait rien d'un génie ou d'un futur homme d'affaires. Il était drôle et charmant Najib mais ça ne suffirait bientôt plus, il lui fallait de la technique. Najib n'en avait pas.

Shéhérazade non plus d'ailleurs. Elle n'avait pas abandonné l'idée de devenir une starlette, peu importait le domaine. Elle zappait d'un jeu de téléréalité à une série B et d'un documentaire sur les milliardaires à des clips de connasses qui se lamentent indignement parce qu'on les a trompées.

— Shéhérazade, tu ne t'es jamais demandé pourquoi dans tous les clips de tes chanteuses préférées, elles sont toujours cocues ?

— Très drôle.

— Et sous la pluie ? a ajouté Kalsoum. Avec les cheveux qu'elles ont en vrai, c'est pas recommandé l'eau.

— Bon lâchez-moi !

Najib est intervenu :

— Elles se disent pas que c'est peut-être parce qu'elles ont un gros cul qu'ils les plaquent à tout va ?

— C'est bien une réflexion de mec ça.

— Ça fait les Américaines à la télé mais à la maison ça continue de bouffer avec les doigts hein.

— Et elles ont cette manie de toujours changer le *i* de leur prénom par un *y*, c'est pitoyable, ai-je ajouté.

— Ah oui c'est tellement vrai ça, elles raffolent des *y* dans leur prénom, elles doivent penser que ça fait plus cool.

— Ou moins arabe...

Silence. J'ai repris la parole :

— Comment ça, Kelly ?

— Ben ça fait pas rêver les Arabes. Enfin j'veux dire, à la télé c'est pas eux qu'on copie.

— Mais t'es malade, dis pas ça à notre table, on peut te brûler vive ici pour un truc comme ça, fais gaffe on est des fous !

— Vas-y, dis-moi un nom d'Arabe qui fasse rêver.

— Ben...

— Tu vois.

— Zidane.

— Il est kabyle, ça compte pas.

— Shakira. Elle est d'origine libanaise, elle parle même arabe.

— Oui mais elle chante qu'en anglais et en espagnol parce qu'elle a compris que l'arabe ça ne fait pas rêver.

— Et le picard ça fait rêver ?

— Pas du tout, mais on est que deux millions, vous êtes trois cents millions et aucun pour faire rêver.

— Fairouz, Oum Kalsoum, Omar Sharif.

— Le Moyen-Âge, ça ne compte pas.

— Je m'en fous, Zidane il est arabe, ta gueule !

En fait, Kelly avec un *y* avait raison. Les Arabes, ça ne fait pas rêver. Ils jouent toujours les trouble-fêtes, les énervés au sang chaud, les intellectuels pas rigolos, les laïques démagos ou les rappeurs analphabètes. Ils collent parfaitement à l'image qu'on attend d'eux tout en suppliant les bons Français de ne pas faire l'amalgame entre islamistes et musulmans. Merci Arlette Chabot d'inviter des judokas pour nous expliquer ça quand des milliers de penseurs arabes se crèvent le cul à le faire depuis des années à travers de petits essais anonymes. Merci les judokas (et autres chanteurs de raï) de ne plus aller chez Arlette Chabot donner votre avis sur des sujets qui vous dépassent et nous dépriment. Merci aux Arabes qui passent à la télé de ne plus dire « le problème où qu'il est c'est que ». Trop de *que* dans vos phrases. Pas assez d'*or*. L'intégration ne passe pas que par la prostitution. Il serait temps de bifurquer vers l'érudition et d'envoyer à nos pays d'origine des signaux plus rassurants sur notre passage en Occident.

Je comprenais que les barbes rallongent et que les frustrations décuplent quand je regardais cette télé que Shéhérazade affectionnait tant. Ces médias qui encouragent la puterie et la dégénérescence, le pognon et le vice, l'ignorance et le déshonneur. Ces médias qui se préoccupent tant du sort des femmes musulmanes et si peu de leurs maris. Cet Occident si arrogant qu'il ne peut soupçonner qu'un autre mode de vie est possible.

Les immigrés de mon quartier vivaient comme des crevards toute l'année et s'en allaient parader l'été en Mercedes et en Nike dans leur village d'origine. Petits, quand nous retournions au Maroc l'été, mon père nous interdisait de prendre avec nous nos affaires de marque. Il disait avec ses mots à lui qu'il ne servait à rien de tromper mes cousins, de frustrer mes cousines et de leur faire envie.

— Toujours les immigrés ils ramènent des saloperies au pays ces idiots, la minijupe, la cigarette, le haram[1], ils peuvent pas un peu montrer des choses bien qu'ils ont appris en France au lieu toujours de rapporter la merde ? Y'a pas un imbécile qui a un peu étudié et il va montrer le système de la santé comme il est bien ici. Ou bien les aides pour les études. Non, toujours des putes et des sodomites qu'on exporte chez nous. C'est les lobbys tout ça...

— Papa c'est un peu réducteur...

— Quoi ?

— C'est un peu simpliste comme raisonnement.

1. Le péché.

— Moi je suis simpliste, moi ? Moi je suis simpliste ?

— Pas toi, ton raisonnement.

— Alors dis-moi le tien que je vois s'il est mieux ?

— Eh bien d'abord je trouve que les Arabes blâment trop l'Occident comme étant l'origine de tous leurs maux. Ensuite ils ont une mentalité de victimes ou de réactionnaires mais jamais d'entrepreneurs ou de révolutionnaires. Et pour finir papa, je pense qu'ils doivent arrêter de compter sur les autres, se réapproprier leur histoire et se bouger le cul sérieusement.

— On dit la même chose benti sauf tu dis des mots de cinq syllabes et moi seulement de trois.

— En tout cas, si tu pouvais appliquer ce que tu dis à Najib et Shéhérazade au lieu de bloquer sur La Mecque et de penser que tout ira mieux après ton pèlerinage.

— Inch'Allah.

Comme lui, je ne cessais de répéter autour de moi qu'Allah voulait. On utilisait cette formule à tort et à travers, pour camoufler un *non* parfois, préférant attribuer à Allah le choix final, Le gratifier de la décision ultime. Qu'il est confortable de se planquer derrière cette formule pour justifier toutes nos actions, les belles et les moins belles. Mais mon père était fatigué et seule La Mecque pouvait le remettre sur pied à ses yeux. Il voulait bomber le torse lui aussi et être estampillé *hadj* auprès des voisins et de Dieu. Il réfléchissait tant qu'il s'agissait de trucs et d'autres mais dès qu'on abordait la religion, il se barricadait derrière les cinq piliers et bâchait le dessus d'un voile épais et résistant. Pour vous dire la vérité, plus j'avançais dans le temps, moins je trouvais de sens à ce voyage en terre sainte.

Dieu ne pouvait décemment pas se contenter d'un hommage annuel de ses fidèles, qui pour la plupart s'aliènent financièrement et renoncent aux besoins les plus élémentaires. Mais quand mon intelligence pratique rencontrait ma bêtise théorique, ça donnait un coup de téléphone affable à M. Ourghidour où je lui demandais de bien vouloir me pardonner mes propos désobligeants du matin et lui signifiais une visite très prochaine pour arroser la boîte verte.

Mon père zappait et passait d'un programme consternant à un programme affligeant. Alors il échouait sur les chaînes de la parabole et s'endormait sereinement, bercé par le muezzin égyptien d'Al Manarah Channel. Nous avons baissé le volume et entonné un *Joyeux anniversaire* à Kelly. Ça a réveillé mon père qui a marmonné en allant vers sa chambre :

— N'importe quoi, y'a quoi d'être fier d'avoir pris un an ? C'est que pour dépenser de l'argent ces conneries là, c'est les lobbys tout ça...

À force d'exaspérer tout le monde avec mon caractère, je n'avais plus beaucoup d'amis. On me reprochait d'avoir une grande gueule, un avis sur tout et peu de solutions en échange. Absolument tout dans la société me paraissait obscène et je finissais par me demander si finalement je n'étais pas aussi la société. En zoomant, on serait forcément tombé sur moi à un moment, que je le veuille ou non. Je me plaignais, je fustigeais, j'invectivais et ça aussi c'était obscène en quelque sorte. Alors quoi ?

Alors je me promettais de me calmer et de dompter la rage qui coulait en moi. À partir d'aujourd'hui je ne dirais que *oui* et *je comprends*…

Esseulée, je suis allée m'allonger à côté de ma maman et j'ai réclamé un câlin comme quand j'étais petite. Ses bras potelés m'enveloppaient de tout son amour et son odeur dans la nuque me rappelait lorsqu'elle me ballottait sur son dos attachée par un morceau de tissu en passant la serpillière. D'ailleurs ça ne m'énervait pas du tout que les bobos s'approprient les usages des Arabes quand bon leur semble et accrochent leurs bébés avec un foulard dans le dos. Ça ne m'énervait pas du tout qu'on chaparde l'esprit bohême des pauvres à mille balles le morceau de tissu. Ça ne m'énervait pas du tout qu'on veuille ressembler à Fatima, mais seulement dans certains cas. Tout ça ne m'énervait pas, je le jure.

— Pourquoi tu triste ?

— Je ne suis pas triste, juste un peu lasse.

— Lasse ?

— Fatiguée.

— Alors dors.

— Pas fatiguée comme ça maman…

— Ah, du dedans ?

— Ouais…

— Tu sais qui je vois hier au marché ? Fatiha avec sa deuxième belle-fille. Elle est belle, on dirait celle des sept nains, blanche, bien, avec une bouche rouge mais sans du maquillage.

— Ah bon, son autre fils s'est marié ?

— Non pas l'autre encore. Juste c'est la deuxième femme de Bachir.

— Comment ça la deuxième femme ? Il a pris une deuxième femme ?

— Oui parce que la première, Kenza, elle peut pas avoir d'enfant le pauvre.

— Le pauvre ?

— Bachir je dire.

— *Je comprends…*

— Avant il est triste mais maintenant ça y est il est content, la deuxième ça y est elle attend le bébé, ça fait quatre mois.

— *Oui…*

— Elle est gentille, Fatiha elle est contente de elle, juste avec Kenza y'a un peu les problèmes.

— *Je comprends...*

— Inch'Allah c'est un garçon.

— Mais maman nom de Dieu, comment tu peux dire ça ? Toi ? T'es pas si bête d'habitude ! C'est pénible à la fin de raisonner comme ça, tu dis n'importe quoi, tu ne crois même pas à ce que tu dis sinon franchement c'est flippant de penser encore comme ça aujourd'hui. Elles te montent la tête ces malades et toi tu répètes sans réfléchir, comme un âne. T'as pensé à la pauvre fille stérile ? Tu ne t'es pas dit qu'elle aussi elle pouvait souffrir de ne pas avoir de gosses ? Mais en plus elle doit se taper une autre meuf à la maison. En plus de la belle-mère, merci du cadeau les amis ! L'humiliation qu'ils lui infligent, j'y crois pas. Et ça claironne partout qu'ils sont musulmans, d'ailleurs comme si c'était une marque de fabrique supérieure. La base c'est quand même de ne pas faire de mal, juste ça, ne pas faire de mal. Encore plus à sa femme. Tu ne trouves pas que c'est dégueulasse ? Hein, toi avec ton grand cœur ? C'est pas dégueulasse de faire ça à sa femme ? S'ils ne peuvent pas en avoir, eh bien qu'ils prennent ça comme une épreuve divine, ils raffolent des épreuves les croyants. Ou alors qu'ils adoptent, mais qu'ils épargnent cette pauvre femme !

— Fairouz, tu énerves trop, c'est pour ça que tu fatiguée toujours. Et tu fatigues moi.

— Mais rassure-moi maman, tu es d'accord avec ce que je dis ?

— Tu raison mais quand même c'est dur pour lui...

— Et pour elle ?

— Aussi...

— Et pourquoi c'est mieux d'avoir un garçon ?

— Non je dire ça comme ça, les deux c'est bien.

J'avais tenu trente-sept minutes, émis un *oui* et deux *je comprends*. Mais je ne comprenais pas. D'ailleurs même les semi-bourgeoises en haillons de luxe m'énervaient. Je peux le dire maintenant que j'ai rompu ma promesse. Leur look ethnico-orientalo-pauvre m'insupportait parce que derrière il y a de magnifiques traditions mais elles n'en prennent que l'ornement, elles se fichent du fondement.

— Benti, je peux dire quelque chose de toi et tu énerves pas ?

— Ben oui.

— Tu jures ?

— Mais oui maman, ça va, on dirait que tu parles à Khadafi !

— J'aime bien que toujours tu dire qu'est-ce que tu penses, j'aime bien aussi que tu pas contente de comment elle est la vie et tu connais beaucoup de choses et tout ça c'est bien benti mais... mais...

— Mais quoi ?

— Mais aussi avec le caractère de toi, jamais tu trouves un mari qui supporte.

— Ça recommence...

— Non avant je dire ça pour rire, je dire oh la la jamais tu vas trouver un mari, mais maintenant je sûre que tu trouves pas un.

— Et qui te dit que pour moi c'est une finalité de trouver un mari ?

— Quand même hein, c'est obligé.

— Obligé pour quoi ?

— Ça suffit de me faire peur et dire que ça aussi tu es contre !

— Je ne suis pas contre maman mais si je n'en rencontre pas un, tant pis. Pour lui.

— Fairouz dire moi que tu veux te marier, s'il te plaît sinon je meurs.

— Maman, si ça doit arriver, ça arrivera.

— Même si tu trouves un parce que tu jolie, avec ta langue toi tu peux pas le garder.

— Quoi ma langue ?

— Toujours tu dire oui mais non, jamais oui tout seul. Toujours tu parles, tu réfléchis et tu rends fous les gens.

— Mais pourquoi je devrais me préoccuper de comment garder un homme ? Pourquoi ce n'est pas lui qui se poserait la question ?

— C'est comme ça, c'est la femme qu'elle doit faire un effort sinon il part.

— Mais qu'il parte ce connard, qu'est-ce que j'en ai à foutre !

— Ah tu vois impossible parler avec toi, tu montes dans les grands cheveux tout de suite.

— Je ne monte pas sur mes grands chevaux maman, je te dis juste que je n'aurai jamais peur qu'un homme me quitte parce que la solitude ne m'angoisse pas, c'est tout. La peur, c'est pour les peureux. Maintenant, si je rencontre l'homme qu'il me faut, tout ça n'a plus d'importance, je l'aimerai, il m'aimera et il raffolera de mon caractère.

— Tu rêves.

— Je rêve, oui ça m'arrive...

C'est vrai, parfois il m'arrivait de rêver à ça. Une rencontre inattendue et déroutante sur une plage, avec un beau garçon mal rasé. Le fracas des vagues sur les rochers nous soufflerait des idées sauvages et inavouables, comme dans les téléfilms qui passent en boucle à Noël sauf qu'on serait en été. Le genre de rencontre facile et évidente qui ne s'embarrasse de rien d'autre que de la peau. Pas de religion, pas de niveau social, simplement de l'amour et de la pastèque...

— T'es forte mais tu peux pas faire tout toute seule ma fille.

— Ce n'est pas ce que j'ai prévu maman.

— Vraiment c'est dommage que tu pas aimé Amine, il est beau, bien, il voulait vraiment te marier.

— Maman !

— Il a dit au cousin de la fille de sa tante que quand il a vu toi, il dire c'est la mère de mes enfants. Tout de suite, juste de l'œil quand il t'a vu.

— Justement.

— Quoi ? C'est gentil non ?

Comment pouvais-je expliquer à ma mère que c'était précisément à cause de ce genre de propos que je n'épouserais jamais un homme comme lui ? Cet Amine avait toutes les qualités du monde, pourtant il faisait l'erreur de choisir une future mère plutôt qu'une femme. Les hommes pensent nous flatter lorsqu'ils nous déclarent, un soir au lit, après l'amour, « au premier regard, j'ai immédiatement su que tu serais la mère de mes enfants », alors qu'il ne faut absolument pas dire ça.

Le jour où un homme me plaira, j'exige qu'il soit plus que du sperme de qualité dans un corps d'athlète. Je veux un confident, un pote, un pute, un associé, un mari, un amour et un futur père en même temps. Est-ce si difficile d'envisager une femme dans son ensemble ? Les hommes rêvent d'une épouse qui ressemblerait à leur mère mais se branlent à vie en repensant aux femmes de leur jeunesse, à celles qui n'étaient pas assez convenables pour porter leur nom ou leurs rejetons, à celles qui n'avaient pas la bonne couleur ou la bonne religion, les bonnes attributions ou qui avaient un trou trop propice aux excursions. Ces hommes-là se retrouvent un jour devant une parfaite photo de famille mais sans l'envie de baiser leur femme. Les plus courageux restent et terminent le boulot. Les plus lâches s'en vont et se précipitent vers les mots cajoleurs d'une gamine assoiffée de maturité et en rupture avec sa trésorerie. Mais avec un cul de folie, ferme et rebondi, comme celui de la première vingt ans plus tôt.

J'ai réitéré ma promesse et je me suis arrangée pour ne pas croiser ma mère ou ma petite sœur qui avaient l'art de me foutre en rogne en bâillant. J'ai décidé d'aller au cinéma voir un film pour me changer les idées. J'ai pris ma voiture et tracé vers un petit cinéma indépendant qui projetait des films de qualité. J'ai choisi *Fish and Chips*, une comédie anglaise sur une famille anglo-pakistanaise tiraillée entre deux modes de vie.

L'irascibilité du père pouvait agacer mais je ne voyais derrière cet homme qu'un père déboussolé et effrayé à l'idée que ses enfants deviennent anglais, seulement anglais, éternellement anglais. Les milliers de kilomètres qu'il avait parcourus jusqu'en Europe avaient estompé les milliers d'années de civilisation qu'il espérait transporter avec lui. En plus, à la frontière une vingtaine de kilos seulement étaient tolérés, et Georges Khan avait dû s'en débarrasser et imposer par la force ses coutumes périmées. Le *shalwar kamiz* n'avait pas fait le poids face au jean pattes d'eph.

Traditionaliste plus que traditionnel, l'inflexible père a échoué en imposant plutôt qu'en transmettant. Il a fini seul, ni anglais ni, dorénavant, pakistanais, juste une boule de regrets amère et accablée. J'ai quand même passé un bon moment et ri de bon cœur pendant plus d'une heure et demie. Je me sentais rassérénée et suffisamment solide pour rentrer chez moi et dire *oui*. Oui mais. Oui mais bon. Peut-être que non. Je n'irais pas plus loin, c'était promis.

Au feu rouge, sans mon portable et avec ma ceinture, j'ai croisé Najib vêtu d'un costume et avec un attaché-case en toile.

— Najib, tu vas où comme ça ?

— Ah salut, ben en fait, t'as vu c'est Djibril il m'a dit qu'ils cherchaient du monde là chez Feu Vert et euh j'suis passé vite fait comme ça...

— Pour faire quoi ?

— J'sais pas, rien de spécial, juste euh, peut-être un peu de sécu vite fait, un peu de vente, mais ils ont pris un autre mec.

— Depuis quand tu cherches du travail ? Pourquoi tu ne m'as rien dit ?

— Non t'as vu c'est juste comme ça, je cherche pas vraiment.

— T'as un cv ?

— Ouais vite fait.

— Oh mais arrête avec *vite fait*, t'as un cv oui ou non ?

— Ben oui.

— Donne-le-moi.

— Non il est pourri, tu vas me charrier. Et je cherche pas vraiment, c'était juste au cas où.

— Au cas où quoi ? Arrête de faire le con. T'es un voleur de merde en plus alors laisse-moi t'aider, je peux le donner à Jeanne, son mari connaît plein de monde à Paris…

— Vas-y, ça sert à rien ! Paris ? Déjà ici ils aiment pas ma gueule, neuf postes ils m'ont refusés, alors à Paris, ils vont m'accueillir comment tu crois ?

— Ouais ben j'en ai rien à foutre, c'est comme ça ! Tu vas devoir bosser deux fois plus et fermer ta gueule par-dessus le marché. Je ne vais pas pleurer, ni avoir pitié de toi ! Jamais ! Lève-toi plus tôt, dors moins, gagne moins, cherche dix fois plus que les autres mais bosse et deviens le meilleur. Moi encore j'ai un p'tit cul qui peut en amadouer certains mais toi t'as rien à part une gueule d'Arabe alors bosse dix fois plus, cent fois, j'en ai rien à foutre mais bosse ! Allez casse-toi maintenant et prépare-moi ton cv pour ce soir !

Najib s'est cassé. Moi, je me suis effondrée. J'ai pleuré toutes les larmes de mon corps dans le dos de mon petit frère qui s'éloignait avec son costume en polyester, ses chaussures à bout carré et son porte-documents en toile. Ce qui me crevait le cœur, c'était que le porte-documents était vide et qu'à part le découragement sur son visage, il ne portait rien d'autre.

Mon frère n'avait pas fait d'études supérieures mais ça ne changeait rien. Des milliers de cas similaires, diplômés ou pas, s'empilent dans les agences de recrutement ou de travail temporaire avec une annotation invisible mais toujours décelable : l'origine sociale et ethnique. Les Noirs et les Arabes doivent compter sur une mesure avilissante comme la discrimination positive pour espérer travailler.

Il ne faut pas pleurer ni se résigner mais foncer et s'imposer. Par le mérite. Par le travail. Jamais par la couleur. Des années qu'une tronche d'Arabe a moins de chance de servir le café dans un restaurant ou une gueule de Noir de réceptionner les colis dans une entreprise, des années qu'on le dénonce, résultat : une amélioration en demi-teinte. Tout juste marron. Beige plutôt. Écru en vrai.

J'ai sur-le-champ appelé Jeanne pour lui soumettre le cv anorexique de mon frère. Elle n'a fait aucun commentaire déplacé et a souri à ses hobbies : regarder les gens dans la rue, les jeux vidéos et les documentaires sur la chaîne Voyage. Son mari Bénédict nous a aimablement donné rendez-vous la semaine suivante dans un café parisien chic et tout et tout.

Je suis bien entendu arrivée très en avance et j'ai harcelé Najib de messages sur son portable pour qu'il se magne le cul et qu'on répète un peu. Quand il m'a assuré être sur le boulevard, je suis sortie le chercher. Je l'ai aperçu avant qu'il ne me voie, il s'était trompé de trottoir. Je l'ai regardé avancer dans l'unique costume qu'il possédait, avec le même porte-documents, toujours vide, et dans ses chaussures reluisantes pour l'occasion.

Il ne savait pas que je l'observais alors j'avais le temps de comprendre mille choses... Sa démarche n'était plus celle de la cité, il avançait en apnée, se sentant dévisagé par les habitants des beaux quartiers. Personne ne faisait attention à lui, pas plus que d'habitude du moins, mais il savait ne pas être le bienvenu, là, sur ce boulevard élégant, branché et cher. En réalité, il appréhendait l'entrée du café. Cette entrée embouteillée par des clients habitués, des fidèles très bruyants qui s'appropriaient l'espace en faisant de grands gestes et qui intimidaient mon petit frère. Il s'était déjà fait remballer de plusieurs endroits pour cause de soirées privées (enfin, gueule et look inadéquats) mais il s'en foutait car avec ses potes Boubakar, Pedro, Julian, Hakim et Cosmin, ils ne se faisaient plus d'illusion et savaient que le seul moyen pour eux d'entrer dans une boîte de nuit c'était de devenir videur. Non, merci.

Mais là, devant ce café, il était seul. Désespérément seul. J'aurais dû prévoir sa gêne et m'arranger pour arriver avec lui mais à force de côtoyer les beaux quartiers de la capitale entre mes heures de cours, j'avais oublié combien il est paralysant d'entrer dans un endroit chic quand tout autour de vous vous rappelle que vous ne l'êtes pas.

J'ai ravalé mes sanglots et l'ai sifflé comme une caillera pour le détendre. Le soulager. Et le faire sourire. Il est entré tête baissée en ne donnant même pas au chef de rang le loisir de l'éconduire. Il s'est assis dos à la salle et a enchaîné directement :

— C'est nul ici.

— Pardon ? Comment tu peux dire ça, t'as même pas regardé. Il est magnifique ce café.

— J'aime ap. On aurait pu aller ailleurs aussi.

— Comment te dire, euh le mec il va peut-être t'engager alors on va où il dit le monsieur, ok ?

Le serveur est venu prendre notre commande.

— Bonjour Monsieur, que puis-je vous offrir ?

— Euh, de l'eau juste s'il vous plaît.

— Plate, gazeuse, osmosée ?

— Normale.

— Plate ?

— Oui.

Avant de répondre, Najib m'avait regardée pour valider sa réponse. Il n'était décidément pas à l'aise dans cette atmosphère raffinée. Il se sentait jugé au moindre geste alors il préférait tailler les serveurs et se débiner par une boutade.

— C'est gratuit l'eau ici ? m'a-t-il demandé dès que le serveur s'est éloigné.

— Non, pourquoi ?

— Il dit « qu'est-ce que je peux vous offrir ? ». Depuis quand on fait payer les cadeaux ?

— Très drôle mais d'une manière générale dis-toi que n'importe quel cadeau se paye un jour.

— Tout de suite avec ta philo là.

— Si ça c'est de la philo pour toi, franchement casse-toi maintenant avant de me foutre la honte devant le mari de Jeanne.

— Bon il t'a dit un peu qu'est-ce qu'il veut que je fasse le mec ?

— Il m'a dit qu'il voulait d'abord te rencontrer et ensuite il te proposerait quelque chose selon tes capacités.

— Ah ouais d'accord, je vois le genre…

— Putain Najib, ne commence pas comme ça ! Sois positif, dis oui et même quand tu sais pas, dis que tu sais et démerde-toi après. Ne dis jamais non !

— Et si je sais vraiment pas ?

— Tu dis que tu sais !

Bénédict est arrivé dans un costume saillant bleu marine avec un porte-documents en cuir portant des documents. Ultraconfidentiels, ça se voyait. Le serveur, connaissant ses goûts, lui a rapidement apporté une eau gazeuse avec une tranche d'orange et deux carrés de chocolat noir.

— Bonjour, je suis Bénédict, ravi de te rencontrer Najib.

— Enchanté Monsieur.

— Fairouz ne tarit pas d'éloges sur toi, il paraît que tu es bosseur et avide d'apprendre.

— Ben oui je suis bosseur et j'ai envie d'apprendre…

— Ce que je peux te proposer c'est de commencer au back-office et on verra comment ça se passe. Qu'en penses-tu ?

— Ben je pense que c'est bien, merci.

— Alors tu commences cet après-midi et tu demandes Madeleine en arrivant. Voici l'adresse. Il n'y a pas de raison d'attendre.

— Merci beaucoup.

Il s'est éclipsé comme un homme d'affaires s'éclipse. Précipitamment. En donnant le vertige. Comme si le problème qu'il partait régler était de la plus haute importance. Najib était rassuré et surtout soulagé que l'entretien ait été à ce point bon enfant.

— Alors t'es content ?

— Franchement bien, il a l'air bien le mec.

— T'es gentil, à partir d'aujourd'hui tu feuillettes le dictionnaire des synonymes parce que *bien, bien, c'est pas bien*...

— Où il a dit que je vais commencer ?

— Au back-office, c'est tout ce qui concerne le secrétariat, le courrier, les colis, faire une course... plein de trucs quoi...

— T'as vu, j'ai fait comme si je savais.

— Tu vois, t'apprends vite tête de con.

— Et pourquoi il a un nom de meuf ?

— C'est sans *e* son nom.

— Peut-être mais Bénédict c'est un nom de meuf c'est sûr.

— Ben non la preuve c'est qu'il s'appelle comme ça et vu comme les nanas le matent ici, il doit avoir deux grosses balloches bien pleines !

— Jamais entendu en tout cas.

— C'est sûr que c'est pas dans Fifa 2010 que tu vas entendre des prénoms comme ça. Bon, tu vas être à la hauteur ?

— Inch'Allah.

— Je t'ai déjà dit : Allah il veut, mais toi, tu vas être à la hauteur ?

— Je vais essayer, on va voir, ouais je pense, y'a pas de problème...

— T'as intérêt !

— Mais franchement c'est trop un nom de meuf son nom, je vais trop rire quand j'vais devoir l'appeler comme aç.

— D'ici à ce que t'appelles ce genre de mec par son prénom, on aura changé de civilisation.

J'ai pris mon frère dans mes bras et je me suis rendue à mon cours d'économie politique à l'université. J'en ai profité pour appeler Jeanne et la remercier de sa générosité.

Après, je suis tombée sur une camarade de classe, une fille toujours bronzée et très assidue en achat de cours et de travaux pratiques.

— Fairouz !

— Salut. T'étais où encore ?

— À Zanzibar.

— C'est où exactement ?

— C'est une île au large de la Tanzanie, ça s'appelle Mnemba Island, juste le rêve.

— Ah…

— T'aurais les deux derniers TD et les cours de ces deux semaines ?

— Chez moi mais je peux te les apporter demain.

— Cool, merci beaucoup.

— Et tu repars bientôt ?

— Ben ouais justement je voulais te demander si tu pouvais me mettre sur le TD d'éco-po, j'pige que dalle.

— T'es sérieuse là, tu repars ? Je disais ça pour rire moi…

— En fait ma tante compare les hôtels pour une boîte de luxe, c'est son job donc j'en profite…

— Le job de ta tante c'est de comparer les hôtels de luxe pour une boîte, c'est son travail, elle est payée pour ça ?

— Oui je sais, c'est odieux.

— C'est au-delà de ça, c'est abject. Je veux faire le même métier ! Pourquoi je m'emmerde avec la psychologie des gens ? Quelle conne je suis !

— Je me dis la même chose tous les jours, c'est trop ouf son boulot mais comme on s'entend super bien, elle m'offre toujours de l'accompagner.

— Et vous allez où la prochaine fois ?

— À Phuket. Il y a un nouveau resort qui a ouvert…

— Génial…

J'ai bluffé en approuvant avec ma tête et je suis allée à la bibliothèque chercher le mot *resort*, d'abord avec un *z*, ensuite avec un *s*. C'est un terme anglais qui désigne les centres de villégiature dotés d'un ensemble hôtelier.

Entre Bali et la Thaïlande, j'ai constaté que j'avais raté les premières minutes de mon cours de sociologie, j'en ai donc profité pour aller au Bhoutan en passant par Jodhpur.

Mon téléphone a sonné.

— Benti c'est moi, seuteuplaît achète quand tu rentres des pieds de veau chez le boucher du XVIIIe.

— Quoi maman ?

— Je dire achète les pieds de veau, c'est le jour qu'il reçoit la bonne qualité, comme ça je faire à vous demain.

— Mais maman !

— Quoi benti ?

— Mais rien mais… rien, allez, à plus tard !

— Deux kilos tu prendre.

— D'accord maman !

— Pourquoi tu énerves, si j'ai quelqu'un pour l'aller en voiture je vais moi mais y'a personne, ton père il partir à la saddaka d'Abdelaziz.

— Mais il peut pas arrêter d'aller aux saddakas, ça coûte une jambe à la fin.
— Dire pas ça, c'est pas bien.
— Bon d'accord maman, à tout à l'heure.

J'ai raccroché avec une haine identique pour ma mère et pour cette salope de tante qui avait un boulot de garce. Pourquoi passe-t-on à côté de ces emplois fictifs, nous ? Quelle filière faut-il suivre à l'université pour devenir *compareuse* d'hôtels de luxe dans le monde ? Il faut se spécialiser dans le réseau. Identifier les bonnes personnes, sympathiser ou coucher avec elles et se vendre comme une pute mais en prenant régulièrement des bains de bouche pour que le sperme séché à la commissure des lèvres ne vous trahisse pas.

Il y a des métiers comme ça qui sont réservés aux bons communicants, à ceux qui ont le bon mot au bon moment. Ces gens qui savent se placer en jouant des coudes et qui camouflent leur nullité par des rires mondains et des mots savants. Je n'en faisais pas partie et ça me faisait bien chier.

— Allô Fairouz ?
— Oui Najib, ça va ?
— Super. T'as vu j'ai dit que je savais mais je sais pas trop en fait. Je dois envoyer un DHL et y'a les expédiants et les destinateurs à remplir.
— Putain Najib, fais un effort et lis bien d'abord !
— Vas-y j'ai pas le temps, aide-moi.
— Eh bien dans « Expéditeur » tu mets le nom de celui qui expédie donc votre boîte et

dans « Destinataire » celui à qui la lettre est destinée, donc la personne qui doit la recevoir.

— Ah trop simple en fait, allez ciao.

— Salut.

Je suis retournée à Phuket, là-bas au moins personne ne m'emmerdait.

En un mois, Najib était devenu un autre homme. Il avait obtenu une promotion : il était passé chef de la coordination du secrétariat. Il n'allait plus acheter les crayons à papier, il les distribuait dans les étages. Ça semble pourri comme ça, pourtant Najib savait renifler les opportunités qui s'offraient à lui et il comprenait qu'en distribuant directement les fournitures de bureau dans les étages élevés, il côtoyait une autre catégorie de personnes : ceux qui vont directement au sous-sol pour monter dans leur voiture sans passer par la réception.

Je ne m'inquiétais plus pour lui. Entre sa verve et son envie de bien faire, il n'allait pas s'arrêter là. D'ailleurs, Bénédict veillait de loin à son intégration dans l'entreprise. Il savait que pour un garçon comme lui, rarement pris en compte, un mot d'encouragement supplémentaire valait tous les diplômes des autres et que la valorisation par le travail était le moyen le plus efficace d'obtenir du résultat. En charge des fournitures de bureau, Najib ne devait manquer ni de Stabilos ni de trombones. Et avoir des coups d'avance dans son sac en observant les habitudes de chacun pour pouvoir les combler le moment venu. Je ne reconnaissais plus mon frère qui avait enfin une bonne raison de bomber le torse et passait à son tour chez M. Ourghidour déposer quelques euros dans la boîte verte de plus en plus sèche.

Un midi, je l'ai accompagné déjeuner dans une brasserie d'un boulevard chic. Le serveur s'est approché.

— Raymond, je te présente ma sœur Fairouz.

— Bonjour Raymond.

— Enchanté jolie demoiselle. C'est pour qui la bien cuite ?

— Pour moi cousin.

— Vous voulez autre chose, de la moutarde ou de la saloperie de ketchup ?

— Non merci.

— Mon frère, c'est quoi cette viande, je t'ai demandé bien cuite sa mère et là j'ai l'impression de bouffer un collègue coincé en haut d'une montagne !

— Ça se mange rosé ça Najib.

— Je préfère bien cuit cousin.

— T'as un palais en plastok ma parole...

— En plus avec la maladie de la vache guedin, je préfère bien cramée.

— Calme-toi l'Arabe, je te ramène ta viande carbonisée dans une minute...

— Merci frérot.

— Eh ben, ai-je dit, je ne te reconnais plus toi, on dirait que la brasserie t'appartient.

— Il est trop sympa Raymond, au début je l'aimais pas trop t'as vu mais maintenant c'est mon sauce. Tu sais genre la vieille France mais ceux qu'ont plus une thune...

— Antique tu veux dire, il a l'air ravagé. On dirait une bougie qu'on a remodelée une seconde fois.

— Il boit. Il est seul. Des fois on parle, nanani nanana.

— Et ?

— Il est tout seul le pauvre.

Moi qui comptais sur mon frère pour enrichir son réseau dans les étages, je n'y étais pas du tout. Il était devenu pote avec Raymond, un vieux célibataire dévasté par l'alcool. Il me racontait qu'il volait parfois dans les poubelles du restaurant pour emporter chez lui les restes de la journée. Il habitait un cagibi au-dessus d'une chambre de bonne et n'avait plus du tout de lien avec sa famille, proche, lointaine ou très éloignée. On ne voyait pas clairement pourquoi, mais le vieux Raymond était bel et bien un pré-sdf. Il supportait un salopard de patron, un quadragénaire trop content d'être lui qui rabaissait sans arrêt ses employés pour ensuite leur faire une blague et déconner avec eux. Il s'appelait Joël et il était du genre à dire des trucs aussi nases que *Allez à plus tard (tiflette)* ou *Allez ciao (cescou)*, ou encore *Comment il va Raymond ?* alors que Raymond est pile devant lui.

J'avais beau la ramener tout le temps sur ma communauté, sur ce qui m'exaspérait chez elle, il y avait une chose qui me bluffait, me consolait et m'enchantait à la fois, c'était la manière dont on s'occupe de nos vieux. Les plus chanceux finissent en famille, les autres entourés par les voisins. Une assiette bien garnie leur est toujours servie au coin d'une rue, à la mosquée ou chez des proches. Personne n'oublie jamais que les vieux ne sont pas une catégorie à part de la société, qu'ils sont nous un jour et un jour c'est demain.

Dès la naissance j'ai appris à protéger nos anciens, à les écouter, à les accompagner jusqu'à leur dernier souffle. Ma grand-mère faisait des rondes entre ses six enfants. J'aimais lorsqu'elle venait chez nous car elle me racontait des histoires, les siennes, enjolivées ou simplement inventées, elle me transmettait quelque chose, son héritage pas clinquant mais captivant. Je me sentais valorisée par mon histoire personnelle, celle de ma famille qui n'avait pas commencé en banlieue parisienne mais sur des terres irakiennes puis turques, enfin marocaines. S'ils avaient su nager, peut-être serais-je américaine aujourd'hui. Comme quoi, ça ne tient à rien un passeport.

Je regrettais qu'à l'école on ne m'ait pas plus parlé de ma culture, de ces auteurs qui l'ont marquée, de ces philosophes qui l'ont bouleversée. J'aurais voulu découvrir l'apport de la civilisation arabe dans le monde occidental, ça m'aurait rassurée et je n'aurais peut-être pas rêvé d'être anglaise toute l'année de ma cinquième. Peut-être aurais-je été plus attentive aux Lumières si j'avais su qu'il y en avait aussi chez moi, peut-être que Ramlata ma copine éthiopienne aurait moins dérangé le cours d'histoire si on avait plus souvent évoqué la civilisation peule plutôt que les sacs de riz. Peut-être que plein de trucs seraient différents si on nous valorisait un peu plus à l'école. À la place, on nous gavait de Voltaire et tout ce qu'on retenait c'était que lui aussi insultait les musulmans. Alors on le détestait et on foutait le bordel. Enfin, pas moi, les autres, sinon mon père m'aurait lynchée.

Kelly aussi avait eu une promotion. Elle allait accompagner personnellement le couturier en voyage chez une princesse du Golfe. Prendre l'avion, c'était déjà une révolution dans sa vie. Elle n'était pas souvent partie en vacances à l'étranger. Non seulement ses parents n'en avaient pas les moyens mais comme ils ne manquaient pas de bon sens pour autant, ils préféraient visiter la France plutôt que de dégrader le reste du monde.

Depuis que les vacances sont devenues une obligation sociale en Occident, des parents irresponsables et culpabilisés s'entassent en famille dans des charters cancéreux pour aller abîmer des pays de rêve. Des pays au bord du gouffre en réalité, qui encouragent le tourisme de masse, peu importe le désastre que ça provoque. Le Maghreb est particulièrement infesté de Joëls en famille qui goûtent le couscous mais se rabattent vite fait sur le buffet de l'hôtel avec de la bouffe plus sûre. Des croisières polluantes sur des bateaux crasseux, des thalassos répugnantes dans des hôtels de merde et une culture locale bafouée et toujours méconnue.

À cinquante euros le voyage et l'hébergement, les touristes se plaignent, s'étonnent de manger des cafards dans des assiettes en carton et aimeraient en plus qu'on leur fasse le caftan à un dirham sinon c'est du vol… On dénature leurs paysages avec des complexes hôteliers abominables, on salit leurs eaux, on baise leurs femmes et on refuse qu'ils viennent nous rendre visite après. Investissez dans des sous-marins mes frères, venez nous envahir par en dessous. Venez voir comme elle est belle la Tour Eiffel et comme ils sont bonnards les châteaux de la Loire.

Kelly embarquait donc vers Abu Dhabi pour aller habiller des princesses arabes fortunées. Elle avait été choisie à la dernière minute pour remplacer l'assistante du couturier qui était retenue à Los Angeles après qu'une opération mineure lui avait causé des brûlures anales. Isabelle avait profité d'un voyage d'affaires pour se faire dépigmenter le trou de balle histoire qu'il soit plus raccord avec ses mèches blondes. Entre deux rendez-vous inutiles, cette poufiasse était passée d'un anus foncé à un anus plus rose.

Réjouissons-nous de cette complication chirurgicale et remercions le bon Dieu de l'opportunité que ça ouvrait à Kelly. Des comparaisons vaines, j'en faisais tous les jours mais là je me disais qu'il y avait quand même un sacré problème... Quand certains mangent encore du sable, d'autres se dépigmentent l'anus pour l'éclaircir. On parle peut-être la même langue, mais on ne se comprend plus, c'est certain. Je lui souhaitais de tout mon cœur que son sphincter la lâche pour de bon et qu'elle ne maîtrise plus rien dans sa culotte. Enfin, grâce à elle Kelly s'envolait vers les Émirats arabes unis.

J'avoue, ça me rendait un peu jalouse. Un tout petit peu. Moi je restais. Et pas qu'un peu. Totalement.

Kalsoum enchaînait les séances de maquillage grâce aux bons plans de Kelly. Elle avait progressé et ne disait plus « je monte sur Paris ». Najib ne disait plus « je vais te faire montrer quelque chose ». Et même Julian ne traversait plus « la rute ». Tout le monde évoluait sauf moi...

Kalsoum me remontait le moral tandis que nous étions bloquées dans les embouteillages. Sous la pluie. En fin d'après-midi. Dans la nuit.

— T'as vu des trucs drôles ? lui demandais-je.

— Des filles maigres et moches qui clopent et qui boivent en parlant mille langues différentes dans leur téléphone. Elles n'ont même plus une base de veuchs pour que les coiffeurs puissent leur coller des extensions, ils passent direct à des perruques maintenant.

— Elles sont sympas avec toi ?

— Ben, comment te dire... grâce à nous, elles passent de moches à belles, donc un peu qu'elles sont gentilles. De toute façon, si y'en a une qui me la fait à l'envers, tu me connais...

— Ouais.

— Elles se disent bonjour comme si elles se retrouvaient après les camps de concentration tu vois.

— Quoi ?

— Tu vois, les Juifs quand ils se sont retrouvés après la Libération, t'imagines comment ils sont tombés dans les bras les uns des autres, genre un ancien voisin ou une cousine...

— Ouais.

— Ben elles se disent bonjour comme ça sauf qu'elles se sont vues la veille en boîte ou la semaine d'avant à Milan.

— T'es drôle.

— Elles s'embrassent et leur sourire il dure le temps de la bise.

— Je vois tout à fait.

— Non mais franchement elles s'habillent comme des clochardes. Elles font genre elles lisent des auteurs russes pas connus ou de la littérature anglaise hyper-ancienne mais en vrai elles se jettent sur les fins de magazines pour voir si elles sont sélectionnées dans les photos people.

— Tu les aimes toujours autant je vois.

— C'est pire depuis que je les vois de près. Ce que j'imaginais c'est en dessous de la réalité.

— Ouais…

— Ah faut que je te raconte, je maquillais une comédienne, elle défilait tu vois à défaut de tourner dans des films et pendant que je la maquillais elle répondait à une interview à la con pour des conseils beauté ou j'sais pas quoi. T'imagines la nana, elle est payée pour dire des trucs bien sur la marque comme ça elle reçoit plein de cadeaux et à un moment elle dit : « Le matin j'utilise plutôt le concentré revitalisant à base de chenilles d'Azerbaïdjan, c'est une crème doudoune, tellement aérienne. Par contre le soir je choisis la crème restructurante à base de salive de rhinocéros qui est une alternative plus légère, plus sorbet… »

— Elle a vraiment dit ça ?

— À part l'Azerbaïdjan et le rhinocéros, elle a dit crème doudoune et crème sorbet, je te jure !

— Mais ça ne veut rien dire.

— Franchement ils sont niqués de la tête ou c'est encore moi qui pige rien ?

— Ah non Kalsoum, ne te laisse pas avoir, elle a juste un peu plus de vocabulaire que toi et surtout elle n'a pas le choix, elle doit dire des trucs valorisants pour la marque sinon elle est virée. En plus c'est tout de la Nivea leurs crèmes.

— Au moins une pute, elle n'est pas obligée de dire du bien de ses clients après… c'est déjà ça…

Nous avons décidé de passer à l'agence de voyage pour déposer une centaine d'euros chacune. Nos conversations d'ascenseur en plein embouteillage me faisaient du bien, ça me détendait un peu.

Je lui ai posé la question à un million, la question interdite, la question haram, celle qu'on s'était posée depuis bien longtemps toutes les deux sans se l'avouer :

— Tu ferais quoi avec l'argent du *hadj* si jamais ?

— Si jamais quoi ?

— Rien juste si tu avais cette somme et que tu pouvais en disposer comme tu le souhaites, t'en ferais quoi ?

— Là, franchement, j'irais sur une île déserte avec un tronc de palmier qu'a poussé de traviole.

— Ah ouais et tu t'allongerais dessus…

— Ouais et j'apercevrais un mec canon dans l'eau turquoise qui viendrait vers moi...

— Et il t'allongerait sur le sable et les petites vagues elles viendraient te chatouiller les pieds et tu te cambrerais... Et dans ton nombril il y aurait de l'eau et il la boirait...

— Non il la boit pas, c'est dégueu l'eau de la mer.

— Oh mais casse pas tout, on y était presque là...

— C'est juste que l'eau salée c'est pas bon.

— On bouffe bien des couilles de mouton en tagine chez nous, alors le mec il peut bien boire un peu d'eau salée dans notre rêve !

— En tout cas, on va continuer de bosser en attendant l'apothéose sa mère qui est bloquée à la douane.

— Eh bien moi je vais prendre les devants !

— Une petite semaine au Club Med en Martinique ou en Guadeloupe, t'imagines Fairouz ?

— Qu'est-ce que tu peux être prolo parfois !

— Ben quoi, c'est vachement bien le Club Med !

— Mais non c'est de la merde. Et peut-être qu'on peut aussi imaginer aller ailleurs quand on rêve, ne te limite pas forcément à ce que tu connais !

— Eh bien moi, ça me convient de rêver au Club Med.

— Mais dans un rêve, faut penser à l'impossible, sinon ça ne sert à rien. Le Club Med c'est possible, il y a des promos partout, même nos voisins y sont allés. Moi je te parle d'un vrai hôtel où il n'y a pas trop de gens et où un majordome t'apporte des petites lingettes rafraîchissantes au citron pendant que tu bronzes, passe te nettoyer tes lunettes de soleil après que tu t'es baignée, connaît par cœur tes préférences pour t'apporter ton cocktail et ta salade préférés à l'heure où tu commences à avoir faim et, comme par hasard, il sent quand t'as faim…

— En fait qu'est-ce que tu veux, c'est un hôtel avec des esclaves pour toi.

— Oh mais arrête de mettre des *que* partout bordel !

— Je mets des *que* où je veux, tu me les brises à la fin !

— Tu vois où c'est Phuket ?

— Ouais, c'est où qu'il y a eu le tsunami c'est ça ?

Lorsque je suis arrivée chez M. Ourghidour après avoir laissé ma sœur, je suis tombée sur mes parents qui rentraient des courses. Du mouton et de l'agneau dans un sac, un nouveau saladier dans l'autre, des melons et des grenadines dans le coffre de la voiture, des litres de l'ben[1] et de coca-cola dans des caisses : ils avaient encore invité des gens. Malgré son bon sens, mon père était aussi un malade de l'invitation. Il était assez clairvoyant mais finalement pas au point de se foutre du qu'en dira-t-on. Il suivait ma mère dans ses délires protocolaires.

Il m'a assuré que cette invitation serait la dernière avant longtemps mais qu'ils n'avaient pu y échapper pour des raisons maghrébino-mondaines. Je ne me suis pas rendu compte que je venais d'atteindre mon seuil de tolérance. Il y a un jour, quand on est enfant, où l'on saute à la corde pour la dernière fois, où l'on fait sa dernière partie de chat perché, et on ne sait pas qu'on n'en refera pas. Personne ne se souvient de sa dernière partie de

1. Lait caillé.

ballon prisonnier, elle arrive sans prévenir. Là, c'était la même chose : j'ignorais que ce jour-là serait le dernier où j'accepterais de me sacrifier pendant que mes parents inviteraient des gens, des gens et encore des gens.

Je ne me suis même pas fâchée. J'ai attendu que M. Ourghidour aille prier dans son arrière-boutique et j'ai pris l'argent. Le mien, celui que ma sœur et moi avions épargné pour d'autres. Je me le réappropriais.

Je suis entrée dans l'agence de voyage voisine pour nous offrir un voyage à Phuket. J'ai débranché mon téléphone et je suis partie sans me soucier de rien, de personne et de demain.

J'allais à Phuket. J'allais à Phuket. J'allais. À. Phuket.

J'étais à Phuket.

— Putain de merde, je ne rêve pas, c'est le paradis !

— Je suis sûre qu'on va se taper un tsunami, a répondu Kalsoum.

— Merci mon Dieu !

— C'est sûr qu'on va être punies, j'aurais jamais dû t'écouter.

— C'est vraiment turquoise, comme sur les photos.

— Déjà on a eu de la chance de ne pas se scratcher en avion. J'étais persuadée qu'on n'allait pas arriver vivantes.

— On est bien vivantes Kalsoum, on n'a jamais été aussi vivantes...

— Arrête avec tes phrases à deux balles, on va le payer, je te le jure.

— Tu peux culpabiliser en silence s'il te plaît ? tu perturbes les touristes. Ah mais non je suis bête, il n'y en a pas. Kalsoum putain, regarde autour de toi, on est presque seules sur cette plage, comme dans mon rêve dans la voiture...

— Je ne peux pas profiter de ce que je vois, je pense à eux.

— Tu auras beau penser à eux très fort, ils ne seront toujours pas à La Mecque et nous on est bel et bien ici.

— Mais comment tu fais ?

— De quoi tu parles ?

— Là, t'es dans l'eau, tu bronzes tranquillement, t'as l'air heureuse. Tu les imagines pas dans le salon là, en train de pleurer, de ne pas croire ce qu'on a osé faire ?

— Je visualiserai tout ça dans l'avion du retour, pour l'instant je nage avec des poissons fuchsia et émeraude. Tu savais qu'il y avait des poissons fuchsia et émeraude toi ? Tu ne pensais pas qu'ils étaient tous gris ?

— Non, j'en avais déjà vu.

— En vrai ?

— Non, dans des livres.

— Mais dans des livres, on pourrait croire que c'est exagéré, qu'ils mentent comme ils font tout le temps mais maintenant on sait que ça existe, on vient d'en voir mille...

— Arrête ! N'essaye pas de noyer le poisson, on est allées à Phuket au lieu d'envoyer nos parents à La Mecque et c'est mal, y'a pas d'excuses à ce qu'on a fait.

— Si, il y en a.
— Vas-y Platon.

— Eh bien j'étais très fatiguée, je suis une bosseuse, une fille aimante et je crois que je méritais des vacances de rêve alors j'ai fait en sorte de réaliser mon souhait.

— Trop facile. Phuket à la place de La Mecque, c'est vraiment pas raisonnable.

— Je ne dis pas ça Kalsoum, ce n'est pas l'un ou l'autre mais dans ma tête c'est l'un *et* l'autre. Il y a un temps pour tout et là, il était temps pour nous d'aller à Phuket. On le mérite.

— J'hallucine sur ta capacité à te convaincre que ce que tu fais est bien.

— Je n'y peux rien Kalsoum, j'ai rarement été aussi heureuse et apaisée.

— Comment on va se faire pardonner des parents ?

— Eh bien on va rentrer, on leur demandera pardon, on se remettra à bosser, on sera requinquées, en forme et on leur offrira un *hadj* encore mieux.

— Mais t'as pas de regrets ?

— Probablement, mais pour l'instant je n'y pense pas, c'est moi que je privilégie. Pendant dix jours, c'est moi la star. D'ailleurs le Sri-Lankais de la réception m'a dit tout à l'heure « you look bery beautiful today mam ».

— Il dit ça à tout le monde, ça fait partie de son job. Redescends sur terre ma pauvre fille !

— Mais tu ne vois pas que pour une fois, on n'est pas sur terre ? Dans dix jours, on redescendra de force alors profite, au nom de Dieu !

Je pense à eux depuis que je suis née et j'y penserai jusqu'à ma mort mais là c'est moi qui compte. Maintenant t'es gentille, tu me laisses aller bronzer et tu me préviens quand la grosse vague arrive, il faut suivre les éléphants apparemment et aller en haut de la montagne.

— Ok mais si jamais ils ne voulaient plus jamais nous parler ?

— Eh bien ça voudrait dire qu'ils ne nous aiment pas.

— Je ne sais pas si tu es un diable ou une sainte mais dans les deux cas tu sais me parler.

— Tais-toi et bronze.

— J'y arrive pas bordel !

— Quoi encore ?

— Le problème c'est que quand je ferme les yeux, je n'ai qu'une image, je les vois pleurer dans le salon en n'y croyant toujours pas.

— Eh bien voilà, *le problème où qu'il est c'est que*, c'est fini. Tu vois, l'air de la mer, mine de rien, ça t'inspire mieux…

— Très drôle. C'est quoi ça ?

— Quoi ?

— Le petit fil bleu dans ton bas de maillot. J'y crois pas, t'as mis un tampon ?

— Lâche-moi.

— Mais non, t'as pas mis un tampon ?

— Si Kalsoum, j'ai mis un tampon !

— Ah ouais d'accord, la totale quoi…

— Je n'ai pas envie de finir comme dans *Les Dents de la mer* alors tu m'épargnes tes commentaires débiles.

— Mais ça va trop vite là… Tout va trop vite !

— Non, c'est toi qui es lente. Et lâche l'horizon bordel !

— En tout cas, s'il y a un tsunami, au moins on sera sûres que Dieu existe.

— Il existe. Regarde où on est. Maintenant tais-toi. Et prie si tu veux mais en silence.

— Allah, pardonne-moi…

— Allah, merci…

Il y a donc deux manières d'envisager Dieu ici-bas. Il y a ceux qui demandent pardon et ceux qui disent merci.

J'avais choisi. Merci mon Dieu.

10668

Composition
NORD COMPO

Achevé d'imprimer en Espagne
par BLACK PRINT CPI
le 2 mars 2014.

Dépôt légal mars 2014.
EAN 9782290054987
OTP L21EPLN001237N001

ÉDITIONS J'AI LU
87, quai Panhard-et-Levassor, 75013 Paris

Diffusion France et étranger : Flammarion